KRAL ŞAKİR

MACERA DEVAM EDİYOR!

...... :)

SEVGİLERİMLE

Varol..

EKSİK PARÇA çocuk

Kral Şakir – Resimli Hikâye Kitabı
2017 Eksik Parça Yayınları

Yayın Yönetmeni: **Asiye Ademir**
Yazar: **Haluk Can Dizdaroğlu**
Yaratıcı-Çizer: **Varol Yaşaroğlu**
İç görseller ve düzenleme: **Tuncer Çelik**
Hikâyeleştiren: **Binnur Miniç**
Editör: **Gözde Döneli**
Sayfa ve Kapak Tasarım: **Serkan Cenker**

Baskı ve Cilt: **Vizyon Basımevi**
Beylikdüzü O.S.B. Mahallesi, Orkide Caddesi No: 1 Beylikdüzü/İstanbul
Tel: (0212) 671 61 51

Yayınevi Sertifika No: 40882
Matbaa Sertifika No: 28640

4. Baskı: Mayıs 2018
ISBN: 978-605-2041-78-9

Eksik Parça Yayıncılık Tic. ve San. A.Ş.
Gülbahar Mah. Elif Sok. No: 4/A Şişli/İST. Tel: 0212 272 45 46
www.eksikparca.com
facebook.com/eksikparcayayinlari
twitter.com/eksikparcayayin

Genel Dağıtım: **İKİ A YAYINCILIK VE DAĞITIM HİZMETLERİ**
Gülbahar Mah. Elif Sok. No: 4/A Şişli / İstanbul
Tel: (0212) 272 45 46 | Fax: (0212) 272 45 55

ŞAKİR

Şakir macerayı seven, teknolojiyle yakından ilgilenen, yeni trendleri takip eden eğlenceli bir çocuktur. Gizemli olayları araştırmayı sever. Kardeşiyle çok iyi anlaştığı söylenemez. Babası Remzi ve Fil Necati ile vakit geçirmeyi sever.

REMZİ

Remzi çocuk ruhlu bir babadır. Kimi zaman sorumluluklarını unutsa da günün sonunda herkesin mutluluğu için elinden geleni yapar. Yakın arkadaşı Fil Necati ile video oyunları oynamayı çok sever. Kendini bir maceranın ortasında bulduğunda "Muhtişim Dedektifler" adını verdiği bir ekibin üyesi hâline gelir. Gizemi çözmek için heyecanlanır. Ancak biraz saftiriktir, kimi zaman olayları daha karışık bir hâle sokar.

FİL NECATİ

Fil Necati de çocuksu bir yetişkindir. Video oyunlarına, yemek yemeye ve Remzilerin evinde vakit geçirmeye bayılır. Kendi kafasında kurduğu dünyada yaşar genelde. Söylenenleri yanlış anlar, arkadaşlarının başını belaya sokar. "Lömpence" diye bir dil uydurmuştur kendince.

CANAN

Canan, evin mantıklı davranmaya çalışan bireyidir. Sorunlara çözüm bulmaya çalışır. Aileyi olmadık hâllerden kurtaran kendisidir genelde. Diğerlerine göre daha entelektüeldir. Kitap okumayı, müze gezmeyi sever; o yüzden de biraz bilmiş davranır.

KADRİYE

Aileyi bir arada düzen içerisinde tutmaya çalışır. Şakir'e fazla güvenmez, çünkü başını belaya sokacağından korkar. Ancak her olayın sonunda da Şakir'in sorunları çözdüğünü görünce yanıldığını anlar. Remzi ve Fil Necati'nin evi dağıtmasına ve bütün gün video oyunu oynamalarına sinirlenir.

PEYAMİ

Peyami biraz unutkan, biraz da asabi olan evin yaşlı bireyidir. Kafaya bir şeyi takınca, bütün aileyi de bu soruna dahil eder. Kimi zaman Fil Necati'ye sinirlenir. Torunlarını çok sever. Aklı gidiktir. Kimi zaman nerede nasıl davranacağını bilmez.

UYUZ TANJU

Uyuz Tanju sokakta yaşayan evsiz bir köpektir. Eskiden beri pek çok işte çalışmıştır. Sinema oyuncusu, pilot, gezgin olmuştur. Evsiz olduğu için malın kıymetini bilir. Ufacık bir domates için bile savaş çıkarabilir.

MİRKET

Tam bir çılgın bilimadamıdır! Laboratuvarında yaptığı tehlikeli deneyler ile mahallelinin hayatını tehlikeye sokar. Günde bir kere paralel evrenlere gidip dünyadışı varlıklarla başını belaya sokar, atom parçalayacağım derken bütün sokağın altını üstüne getirir. Kendisiyle ilgili şüpheleri varsa "en çok zeki gösteren" gözlüğünü takar, Remzi ve arkadaşlarının laboratuvara gelmemesi için dua eder.

KUMPİR

Babasının yoğun ısrarları üzerine bu ismi almıştır. Kendisi kronik bir korkak ve profesyonel bir tedirginlik örneğidir. En ufak bir kriz anında nefesi kesilir, astım krizi başlar. Adalar vapurunda bir miço olarak çalışmaktadır. En büyük hayali kaptan olmaktır. Ancak denizden çok korkar.

ZÜRAFA ARİF

Şakir'in sınıf arkadaşı. Oldukça saf bir çocuk. İçine kapanık, asosyal biri. Video oyunlarını ve çizgi romanları çok sever.

AKBABA CEMŞİT

Akbaba Kürşat'ın oğludur kendisi. Sınıfın en yaramazıdır. Her türlü pis şakayı ve haytalığı o yapar. Adeta babasının küçük bir kopyasıdır.

GORİL VEDAT

Goril Ercan'ın oğlu ve Akbaba Cemşit'in kankasıdır. Aynı babası gibi, biraz saf biraz iyi niyetlidir. Ancak Cemşit ile takıldığı için kötü gibi gözükmek zorundadır.

CANER

Sınıfın en sessiz sakin öğrencisidir. Genelde şakalara maruz kalan, şanssız bir çocuktur. En büyük hayali süper güçlere sahip olup tüm dünyayı ele geçirmektir.

DRONE!

Merhaba arkadaşlar!

Yapraklar sararıp dökülmeye başladığında tatil bitmiş, okul zamanı gelmiş demektir. Sonbahara hep hüzünlü mevsim derler, bence okulların açılmasına denk gelen en talihsiz mevsim olduğu için adı çıkmış garibin...

Bütün yaz kan ter içinde koşup oynarken herhangi bir akşamüstü annem pencereden çıkıp, "Şakiiirrr... Üstüne bir şey giy, üşüteceksin..." dediği an bitti, okula çeyrek vardır artık...

Kendimi bildim bileli okula gidiyorum ama hâlâ alışamadım desem yalan olmaz. Yalnız dikkatinizi çekerim; alışamadım dedim, sevinmem demedim. Son gece yatağa yattığımda bir türlü uyuyamam.

O ilk günlerin heyecanı hiçbir şeye benzemez; karnım ağrır, midem bulanır, bir yandan sevinirken bir yandan korkarım. Okul arkadaşlarımın bazılarını çok özlemişimdir ama uyuşamadığım birkaç tanesini yeniden göreceğim fikriyle de bayağı bir gerilirim.

Okulun ilk günü şamatanın dibine vurulur, henüz ders ve ödev stresi olmadığından bütün enerjimizi yaramazlık yapmaya ve eğlenmeye veririz.

Bu sene, artık yeterince büyüdüğüme karar verip yeni ders yılına biraz karizmatik başlamayı hedeflemiştim. Okul kıyafetleriyle ne kadar yakışıklı olunabilirse o kadar özenip kendime çeki düzen verdim.

Sabah on beş dakika yelelerimle uğraştım; yana yatırdım olmadı, havaya diksem müdür kızar, ortadan ayırınca eski kovboy filmlerindeki barmenlere benzedim, sonunda yelelerimi olduğu gibi bırakmaya karar verdim.

Tabii ki pilotlara özel mavi şapkamı da ihmal etmedim...

Yeni çantam, gıcır ayakkabılarım, ütülü kıyafetlerim ve yelelerimle havalı bir şekilde sırama oturup kitaplarımı karıştırmaya başlamıştım ki bizim sınıfın en azgınları Akbaba Cemşit ve Goril Vedat ellerinde büyükçe bir drone'la sınıfa girdiler.

Taktığım lakaplarından da anlaşıldığı üzere ikisinden de çok hazzetmem. Hani biraz önce bahsettiğim "yeniden göreceğim için gerildiğim arkadaşlar" var ya, işte bu ikisi onların başında gelir.

Onların dikkatini çekip üzerime sıçratmamak için çok da çaktırmadan baktım, bayağı pahalı bir şeye benziyordu bu drone.

Bunun neler çekilebildiğini TV'de görmüştüm. Muhteşem bir aletti, kuş gibi her yeri ve her şeyi görüp kaydedebiliyordu.

Dikkatimi yeniden kitabıma yöneltip konuyu anlamaya çalışırken birden beynimden aşağı bir serinlik iniverdi. Meğerse Cemşit'le Vedat drone'un altına su dolu bir balon bağlayıp üzerimde patlatmışlar.

Aslan yelesi saçlarım yeni yıkanmış köpeğe, gıcır kıyafetlerim de makineden alıp kurutmadan giymişim gibi bir hâle dönüştü. Bütün sınıf kahkahalar atıp yerlerde yuvarlanırken benim pek de eğlendiğim söylenemezdi.

Tuvalete gidip karizmayı düzeltmem lazımdı, süklüm püklüm sınıftan çıktım. Bizim Necati ağabey yemek yemediği zamanlarda okulda hademelik yapar. Kahvaltının üstüne tok olduğu yarım saatlik zaman diliminde görev almış çalışıyordu.

Sürekli asık suratla gezdiği için, artık gülümsediğinde dudak kenarları aşağı doğru bükülen ve her an her kapının ardından çıkabilmek gibi bir okul müdüründe olabilecek en önemli özelliğe sahip baykuş müdürümüz, ona bir afiş vermiş, başında nöbet tutarak afişleri asmasını kontrol ediyordu.

Uzaktan da olsa afişteki "İstanbul Drone Yarışması" yazısını ıslak saçlarımın arasından görebildim.

Bu arada Goril Vedat'la Akbaba Cemşit de olay yerine varmış, "Çekilin profesyonellere yol açın." diye bağırıyorlardı.

Necati ağabey, onların havasını sekiz yaşından beri giydiği kırmızı ışıklı ayakkabılarıyla söndürdükten sonra yanıma geldi. Hem Goril'le Akbaba'ya sinir olduğundan hem de yeni olan her şeyi merak ettiğinden yakama yapıştı.

"Hadi Şakir n'olur katılalım bu yarışmaya..."

"Ağabey saçmalama drone'u boşver bir kedimiz bile yok, anlıyor musun? Yarışma neyimize?"

"Babandan istesen alırr..."

"Ne diyorsun yaa Necati ağabey! Onlar çok pahalı aletler, babam kesinlikle almaz."

"Öyle deme, ben duydum. Baban geçen gün, 'Keşke çocuklarımdan biri gelip drone istese de ben de alsam,' diyordu."

"Şaka yapmıyorsun değil mi?"

"Aşk olsun Şakir! Böyle ciddi konularda asla şaka yapmam, yemin ederim ki baban öyle söyledi."

Fil Necati ağabeyim biraz çocuk gibidir; bir şeyi istiyorsa resmen tutturur. Yine öyle yaptı. "Drone da drone, drone da drone..." diye zıplamaya başladı.

Okulun ilk gününde, kızlara hava atacakken ıslanmaktan daha kötü olan tek şey, bir filin yanınızda tek ayaküstünde zıplamasıdır. Her zıplayışında kesik kesik yanan kırmızı ayakkabılarının gözümü kamaştırması bir yana üzerinde bulunduğumuz kat döşemesi ve okulun bütün camları zangır zangır titriyordu.

Sorumluluk sahibi bir öğrenci olarak deprem ve acil durum kaçış planı gereği bütün okul boşaltılmadan olayı durdurmak zorundaydım.

İkna olmuş gibi yaptım, eve gittik. Babam drone lafını duyduğu anda saçları sabah benim beceremediğim kadar dikleşti.

"Ne! Drone mu? Çıldırdınız mı? O aletler neredeyse ikinci el bir araba kadar pahalı, asla alamam."

"Necati ağabey ya, hani babam alırım demişti?"

"Remzi n'olur Remzi! Çok istiyorum, alalım mı?"

"Sen daha o aletin ne işe yaradığını bile bilmiyorsun."

"Evet bilmiyorum ama ayakkabılarımdaki gibi yanıp sönen kırmızı ışıkları var, çok güzel, çok hoşuma gidiyor, alalıım..."

"Asla olmaz."

Koskoca Fil Necati, babamın ayaklarına kapanıp yalvarmaya devam etti. Ben ise bir ergen olmanın bana verdiği yetkiyle tavrımı takınıp odama yollandım.

Böyle davranmak babamda daha ağır bir vicdan azabı yaratıyordu, daha önceki denemelerimde başarılı sonuçlara ulaşmıştım. Necati ağabeyi yedek kulübesinde bırakmıştım nasılsa...

Umduğum gibi oldu, babamın iç sesiyle hesaplaşması ve Necati ağabeyin insanın içine işleyen yalvarma performansı sonucunda babam arkamdan seslendi:

"Oğlum, bu alet çok pahalı yenisini alamayız ama benim üstün mühendislik yeteneklerimi kullanarak ve senin tasarım kabiliyetinle kendi drone'umuzu yapabiliriz."

"Baba zor değil mi? Nasıl yapacağız?"

"Yok ya, zor değil interneti bile bir tornavida, bir plastik leğenle yaptılar."

"Baba ciddi misin? O kadar mı?"

"Yok değil tabii, sadece çok biliyormuş gibi görünmeye çalışıyorum."

Necati ağabey, babamın yumuşak kıvamını kaybetmeden bir şeyler daha koparmanın peşindeydi. İç ses gibi davranıp, "Necati'ye de iyi davran, o da senin bir çocuğun sayılır, on yüz milyar para ver ona..." dedi.

Babam yemedi bunu. Hâlâ ayaklarına kapanmış durumda bekleyen Necati'yi matematik bilmediği için eleştirmekle yetindi.

Birinin vicdanının sesi olmak istiyorsa hiç değilse isteyeceği paranın miktarını söyleyebilecek kadar hesap kitap öğrenmeyi becermeliydi. Açıkçası bence de öyle olmalı, daha söylemeyi bile beceremediğin miktardaki parayı nasıl harcayacaksın ki?

Gerçi Fil Necati bu, eline geçen tüm parayı yiyeceklere

yatırır, hem de inanamayacağınız kadar kısa bir sürede tüketebilir. Geçen gece bahçede çimlerin üzerine uzanmış yıldızları seyrediyordu, pırıl pırıl bir gecede gökyüzüne bakarken aklınıza gelebilecek en abuk sabuk şeyi söyledi.

"Milyarlarca yıldız ve gezegen var, kim bilir oralarda ne farklı ne güzel yemekler pişiyordur. Keşke astronot olsaydım, uzaydaki bütün tencereler ve içindekiler benim olurdu."

Romantizminde bile salçalı yemekler olan bir filin yemek yeme kapasitesinden asla kuşku duymayın. Tekrarlıyorum her miktardaki parayı kısa sürede yiyerek tüketebilir; parayla alınacak yemek olmasa direkt paranın kendisini yer, yine tüketir.

Babam hazır gaza gelmişken fikrini değiştirmesine fırsat olmasın diye hemen çalışmalara başladık. Ben tasarımı yaptım, gerekli malzemeleri sokaktan atılan çöplerden bulma görevini Necati'ye verdik. Babam da kaynak makinesiyle parçaları birleştirdi.

Uzun bir günün sonunda üzerinde ay yıldız olan Kızıl Ejder drone'umuz hazırdı.

Geriye çözülmesi gereken bir tek sorun kalmıştı. Babam da ben de drone kullanmayı bilmiyorduk. Fil, ikimizin bilmediği bir şeyi biliyor olmayı o kadar çok isterdi ki konuya Fransız olmasına rağmen, "Ben biliyooooruuumm." diye atladı.

Babamla ben bir an boş bulunduk ve o an, Necati'nin drone'u havaya fırlatmasına yetti de arttı bile...

"Uç drone uuuç, uç drone uuuçç..." çığlığıyla kendimize geldik.

Babam, "Ne yaptın? O, kumandasız uçmaz ki..." şeklindeki cümlesiyle ikinci talihsiz hamleye yol açmış oldu. Yaklaşık iki saniye sonra kumanda da aynı şekilde Necati tarafından havaya fırlatıldı.

Biz baba oğul ellerimiz havada oradan oraya koşup kumanda ve drone'u yakalamaya çalışırken duvarın üstünden uçarak plonjon yapan Tanju ağabey, yere 10 cm. kala drone'u yakalayıverdi.

Kendisi mahallenin uçuk kaçık adamlarındandır, ne zaman nereden çıkacağı pek belli olmaz. Kendi kendine konuştuğu çok duyulmuştur.

Mahallenin çocukları olarak Tanju ağabeyden hafiften

ürkmekle birlikte kimseye zararı olmadığından kendisiyle, "Seni uzaktan sevmek aşkların en güzeli..." tarzında bir ilişki geliştirmiştik. İşte yine en olmadık anda ortaya çıkmış ve çakma drone'umuzu parçalanmaktan kurtarmıştı.

Aleti elinde şöyle bir tartıp, "Hımm motor sayısı aerodinamik yapıya uymamış, metal alaşım dayanıklı, ancak hızı yavaşlatır." şeklinde konuşmaya başladı. Bu konular, bize oldukça uzaktı ama kendi içinde gayet tutarlıydılar.

Bu kadar çok şey bilmesi ilginçti.

"Bunları nerden biliyorsun?" diye sordum.

"Bir yerlerden duydum." diye ağzında geveledi.

Babam o sırada beresindeki armayı fark etti. Bu, bir havacı armasıydı.

Tanju ağabey armayla ilgili sorularımızla birlikte aniden paniğe kapıldı. "Bu bere benim değil, yerde buldum, ilgim yok. Hayır, hayır..." diye bağırmaya başladı.

Onu köşeye sıkıştırmış gibi olduk ama gerçeği öğrenmek zorundaydık. Hepimiz birden üzerine yüklenince itiraf etti. Meğerse eskiden pilotmuş, kanatlı her şeyi uçurabilirmiş.

İşte drone yarışmasına katılmak için gerekli olan en önemli kişiyi bulmuştuk.

Biz sevinçle çığlık atarken o da, "Yapamam, yapamam, yapamaaaammm..." diye bağırıyordu.

Sevincimiz kursağımızda kalmıştı, Tanju ağabey hızla uzaklaşırken çığlıkları fizik kurallarına aykırı şekilde giderek yükseliyordu.

Yine pilotsuz kalmıştık. Yapacak bir şey yoktu, şansımıza güvenip yola devam edecektik.

Hava çok güzeldi, yarışma alanında acayip bir kalabalık vardı. Profesör Mirket de yarışmaya katılıyordu.

Akbaba Cemşit ve Goril Vedat da ne yazık ki oradaydılar.

Çevredeki yarışmacıları, özellikle de bizi izleyerek, "Burası beceriksiz dolu, bu yarışmayı kesin biz kazanacağız." şeklinde çirkin konuşmalarını, Yeşilçam'daki kötü adam kahkahalarıyla renklendirmeyi de ihmal etmediler.

Moralimiz biraz bozulmuştu, açık söyleyeyim... Babam bütün saflığı ve iyi niyetiyle bize şans getireceğini düşündüğü malzemeleri bir kutuya doldurup yanında getirmişti.

Dört yapraklı yonca, üç yapraklı yonca, at nalı gibi gereksiz malzemeleri ortalığa dökmeye başladı.

Babam o kadar heyecanlıydı ki Necati ağabeyin, "Ne, at nalı mı?" sorusunu yanlış anlayıp nalı ona fırlattı. Necati ağabey, "Nalı niye bana atıyorsun?" sorusuna verdiği cevap kesinlikle kayıtlara girecek nitelikteydi.

"At nalı dedin..."

"Ben atın nalından bahsettim, bana at demedim."

Bu diyalogda bir terslik var, hayatın olağan akışına aykırı bir kere... Bu yanlış anlamayı Necati ağabey yapmalı, babamsa düzelten olmalıydı. Kıyamet alameti bunlar, sanırım bugünden sonra güneş dünyanın etrafında dönecek.

Sunucunun davetiyle yarış alanında yerimizi aldık. Bir iki deneme yapmak istedim, daha ilk hareketimde drone yere çakıldı.

Allah'tan pek hasar yoktu, bu yarışta şansımız olabilmesi için kesinlikle şansa ihtiyacımız vardı. (Ne diyorum ben ya, babamdan mı etkilendim? Yoksa saçmalamak genetik bir şey mi? Eğer öyleyse bittim ben, başıma neler geleceğini otuz yıl önceden izlemek korkunç olur. Lütfen normalleşelim, dayanamam ben buna...)

Bütün drone'lar havadaki yerlerini aldı. Çok heyecanlıydık, bizim Kızıl Ejder de benim beceriksizliğim yüzünden iki sağa sola, bir yukarı aşağı yalpalayıp üç tane de ters takla attıktan sonra diğerleriyle aynı hizaya geldi. Neredeyse kolbastı oynayacaktı ama engel oldum, yarışma öncesi fazla yorulmaması gerekiyordu.

Başlangıç düdüğüyle bütün drone'lar yerinden zıpkın gibi fırladı. Biz henüz dolmamış Bostancı-Taksim dolmuşu tarzı bir kalkış yaptık. Daha doğrusu tam kalkış da denemez, hareket etmekle etmemek arası bir kararsızlıkla hafifçe ilerledik diyelim. bu yarışta şansa ihtiyacımız kesinlikle olacaktı, en azından artık bundan emindik.

Bütün drone'lar açık ara önde biz arkada giderken inanılmaz şeyler olmaya başladı. Önce bir martı sarı drone'u kendine rakip görüp tepesinden yakaladığı gibi sağa sola salladı. Martı deyip geçmeyin, kanat açıklığı bir metreyi geçebilen kanatlı canavarlar bunlar. Drone, bir süre saçmaladıktan sonra havada daireler çizerek bir kuş gibi süzülüp denize çakıldı.

İkinci drone ise iri bir camgöz köpek balığının sudan fırlayıp burun atmasıyla kendinden geçti, onu da Avrupa yakasına doğru fırlamış giderken gördük.

Yarışı önde götüren iki drone ise birbirlerine çarparak devre dışı kaldılar. Artık önümüzde sadece Goril Vedat ile Akbaba Cemşit'in drone'u kalmıştı. İşte gerçek şans buna denir! Biz yarışamıyor olabiliriz ama şansımız muhteşem, buna kimse bir şey diyemez.

Önümüzde Galata Kulesi yani final çizgisi vardı. Nasıl yaptığımı hâlâ bilmiyorum ama kumandaya öyle bir yüklendim ki son anda çizgiyi Akbaba'nın drone'u ile aynı anda geçtik.

Yaşasıınn! Beraberlik! Hayal bile edemeyeceğimiz bir sonuç bu...

Sevincimiz kursağımızda kaldı, sunucu beraberlik yüzünden yeni bir yarış yapılacağını duyurdu, artık daha fazla şansa ihtiyacımız var.

Ben çok gergindim, babam beni rahatlatmaya çalışıyordu. Bu arada Necati ağabeyi ikimiz de unutmuştuk. Sunucu, açık büfede aşırı miktarda yemek yediği için bayılan mor bir filden bahsedince hatırlamış olduk. Karnı tıka basa doymuş bir fili kimse yerinden kaldıramadığı için arkadaşlarının, ne yazık ki bizim, yanına gitmemizi istediler.

Böyle de olmaz ki yarışmaya mı odaklanayım? Şans duası mı edeyim? Kendi ağırlığı kadar yemek yemeyi becerebilen bir adamı yerinden mi kaldırayım? Pes yani, bir çocuğa da bu kadar yüklenilmez...

Fili toparlayıp yarış alanına geldiğimizde bizi kötü bir sürpriz daha bekliyordu. Babam kumandayı istedi, yarış öncesi bizim makineyi biraz ısıtmak iyi olabilirdi. Çünkü kalkışlarımız pek atak olmuyor, tecrübeyle sabit... Kumanda, çalışmama konusunda yeni bir karar almıştı ve biz bunu bilmiyorduk. Nasıl olduysa o birkaç dakika içinde kumanda, kumanda olmaktan vazgeçmişti.

Başlangıç düdüğü çalındı.

Akbabaların drone'u güzelce havalandı, biz yerimizde sayıyorduk.

Kızıl Ejder, harekete geçmeyi bırak, köşe koltuğu gibi çimenlere kurulmuş üzerine konulacak yastıkları beklemekteydi.

Biz, yaşadığımız şokun etkisiyle kekeme olmuşken Profesör Mirket yanımıza geldi. Onun drone'u martının gazabına uğradığından yarışın başında elenmişti. Biz Necati ağabeyi diriltmeye çalışırken Profesör, Akbaba ve Goril'in bizim kumandayı karıştırdığını görmüş. Bu sebeple bize, "Ben elendim ama sizin kazanmanızı istiyorum. O yüzden size yardım edeceğim." dedi.

Meğerse küçültme cihazı yanındaymış. Bizi küçültüp drone'un içine sokacak, makineyi bizzat kullanacağız.

Necati ağabeyin bu küçültme işlerine nasıl meraklı olduğunu önceki maceralardan bilirsiniz. "Bu bilimadamına bayılıyorum beeeenn..." diyerek profesöre sevgisini ilan etti, yetmedi utanmadan koca adamın yanaklarını da sıktı.

Bir sorunumuz daha var ki dünyaya bedel! Biz bu aleti kumandayla bile zar zor uçururken bir pilot gibi nasıl kontrol edeceğiz? Şansın kralı gelse yetmez.

O esnada sunucudan uyarı geldi, hemen kalkış yapmazsak diskalifiye olacakmışız. Bu nasıl bir stres, nasıl bir heyecan, ne gerek var ki? Ağzım dilim kurudu diyeceğim diyemiyorum. Şu zor anlarda Necati'nin aklına bir şeyler içmek gelmesin diye...

"Heey! Duruun duruuunnn..."

Babam Remzi, "Allah'ım bu ses, bu ses kimin sesi?" dedi.

Necati ağabey, kaplumbağa teyzeye benzetti ama o değildi. Bu, Tanju ağabeydi. Yaşasın! Kurtulduk... Geçmişte yaşadığı tatsız olaylardan ötürü uçan aletleri kullanmaya korkuyormuş. Ama korkuların üzerine gitmeye karar vermiş, o yüzden bize yardım edecekmiş.

Profesör Mirket, hepimizi acilen küçülttü. Necati ağabeyin küçük hâli bile büyüktü, bunu tek geçiyorum. Drone'un içine yerleştik ve acilen havalandık. Bizim alet aslında bayağı yetenekliymiş, biz kullanamıyormuşuz. Gerçek bir kalkış yapıp zıpkın gibi fırladık.

Akbaba ile Goril'i tam yakalıyorduk ki üzerimize doğru gelen kocaman mavi bir balon görüşümüzü kesti. Eğer balonun içinde kalırsak düşmemiz kaçınılmazdı. Neyse ki Tanju ağabey başarılı manevralarla balonu atlattı.

Fil Necati bu arada hepimizin sinirlerini zıplatmayı da becermişti. Biz panik hâlinde balondan kurtulmaya çalışırken o, kulağımızın dibinde "Yaşasıınnn! Baloooonnn! Çoook severiiimmm!" diye bağırıyordu.

Biz belayı atlattığımıza sevinemeden balon arkamızdan yine belirdi. Belli ki bizi takip ediyordu. Tanju ağabey, bütün gücüyle levyeye asıldı. Son anda balon altımızdan geçip ileri gitti ve şansa bak, Akbabaların drone'unu içine aldı.

Final çizgisini geçerken öyle rahattık ki yine Taksim-Bostancı dolmuşu tempomuza geri döndük. Kolay bir final olmuştu bizim için.

Bu arada sunucu, Vahşi Kraliçe isimli drone'un diskalifiye edildiğini duyurdu. Meğerse balonu kullananlar onlarmış. Üzüldük mü? Hayır... Neden? Çünkü kötüler her zaman kaybetmeye mahkûmdur.

Drone'un içinde mutluluk rüzgârları eserken Necati ağabey duygularına daha fazla engel olamadı ve Tanju ağabeyi öpmek istedi. Tanju ağabey, her ne kadar "Dur inince öpersin." diye yalvardıysa da fayda etmedi. Necati ağabey, bir şeyi aklına koydu mu yapar, sonuçlarını asla düşünmez. Koca hortumunu adamcağızın yanaklarına vantuz gibi yapıştırıp yaklaşık dört dakika öyle kalınca pilot, kıpırdayamaz hâle geldi ve biz kaçınılmaz olarak düştük.

Bir çöp bidonunun önüne iniş takımsız iniş, daha doğrusu düşüş yaptıktan sonra, Tanju ağabey tamamen masum olmasına rağmen esas suçlu olan Necati ağabey ona fırça atmayı da ihmal etmedi.

"Aaa! Düşmüşüz ya, ne biçim pilotsun sen Tanju? Madem kullanmayı bilmiyordun ne diye doldurdun bizi bu aletin içine? Orta kapıyı açar mısınız şoför bey inecek var..."

KEPÇE ADAM

Okulda en sevmediğim ders geçtiğimiz haftaya kadar kimyaydı. Bir sürü formül ve anlamadığım harfle uğraşmaktan nefret ederdim ama bir süredir bu derse Profesör Mirket giriyor. Ne kadar ilginç biri olduğunu hatırlarsınız, sayesinde artık bu dersi çok seviyorum.

Bir kere sınıfta ders işlemiyoruz, sürekli laboratuvardayız. Orada bir sürü renkli sıvılar, farklı şekillerde şişeler var, onlarla deney yapmak çok keyifli... Profesör bu hafta çok özel bir deney yapacağımızı söylemişti. Hepimiz derse gelirken çok heyecanlıydık.

İçeri girdiğimizde, masanın üzerinde birbirine bağlı şekilde duran şişelerin içinden geçen renkli dumanları gördük. Profesör de tahtada anlamadığımız formülleri yazıyordu. Bir yandan da kendi kendine konuşuyordu, derste olduğumuzun farkında değil gibiydi.

Bu, en muhteşem keşfi olacakmış. Bu karışımla tüm dünyaya kim olduğunu gösterecekmiş. Son şişeden bir bardağa mor renkli bir sıvı akıyordu, heyecanla bardağı eline aldı.

“İşte karşınızda yüzyılın en büyük keşfi...” dedi.

Biz de havaya girmiştik, gözümüzü ayırmadan keşfin ne olduğunu anlamaya çalışıyorduk.

Bardağı kafasına dikip içti ve bu, hepimiz için büyük hayal kırıklığı oldu. Meğerse yaptığı şey şalgam suyuymuş.

Dayanamadım sordum.

"Hocam, böyle dünyayı sallayacak değişik bir şeyler icat etmek yerine şalgam suyuyla uğraşmanız biraz ayıp olmuyor mu? Onun zaten yapılmışı var; Adana'dan gelenler çok lezzetli, kebapla çok güzel gidiyor, bununla uğraşmayın bence artık..."

"Ne yani, ayran mı yapalım?"

Profesör anlamamakta ısrarcıydı. Bu sırada Akbaba Cemşit, daha önce anlatmıştım sınıfta en sinir olduğum çocuktur kendisi, masada duran deodoranta benzeyen şişeyi eline aldı. Üzerinde "Komikli İksir" yazıyordu.

Ben onun bir pislik yapacağını anladığımdan şişeyi elinden almak için hamle yaptım, ama geç kalmıştım. Büyük zevkle şişeyi sınıfın en sessiz kişisi Caner'in üzerine sıkıverdi. Caner ne olduğunu anlayamadan kafası neredeyse bizim Fil Necati'nin kafası kadar büyüdü.

Sınıf, gülmekten yerlere yattı. İtiraf ediyorum; çocuğun hâline üzülmekle birlikte, hali gerçekten komikti bu arada, ben de kendimi tutamayıp güldüm.

Allah'tan Profesör yetişti de şişeyi Akbaba Cemşit'in elinden aldı yoksa sınıfça koca kafalılar grubuna dönüşebilirdik.

Neyse ki iksirin etkisi geçiciymiş, Profesör Mirket kısa bir süre sonra Caner'in eski hâline geleceğini söyledi. Bu arada teneffüs zili çaldı, başımıza başka dertler açılmadan dersi tamamlamış olduk. Profesör haftaya önemli bir deney yapacakmış, takımlar oluşturarak gelmemizi söyledi.

Herkes dışarı çıkarken beni şeytan dürttü, sınıfta kaldım. Elimde böyle bir imkân varken değerlendirmemek aptallık olurdu. Yan sınıftaki Ceren'i etkilemek istiyordum, henüz beni fark etmesini sağlayamamıştım.

Eğer buradaki iksirlerle süper güçler kazanabilirsem sadece Ceren değil bütün okul peşimden koşardı.

Ahh! Biraz aceleci davranıp ayağımı çöp kutusuna çarptım. Profesör henüz yeterince uzaklaşmamış, sesi duydu. Neyse ki tam zamanında çöp kutusunun arkasına saklandım da kapıyı açıp baktığında beni göremedi.

Şimdi herkesin gittiğinden eminim. Biraz şu şişeleri karıştıralım bakalım, neler bulacağız? Ooo... Burası cennet gibi, her ihtiyaca göre bir iksir var: ışınlanma sabunu, hızlanma kremi, ayakkabı çekeceği...

Bu ne ya, bu normal bir şey, işime yaramaz, at gitsin...

İşte bu, ideal malzemeyi buldum: Süper güçler deodorantı. Bununla tüm okulu, hatta tüm şehri, belki de bütün dünyayı peşimden koşturacağım.

Sık Şakir, bol bol sık diyerek adeta yıkandım şişeyle...

Gözlerimi kapatıp olağanüstü güçlerimin harekete geçmesini bekledim. Hiçbir şey olmadı. Belki az beklemişimdir diye ayaklarım uyuşana kadar hareketsiz durmaya devam ettim. Yine bir şey olmadı. Belki benim bir şeyler yapmamla süper güç de devreye girer diye düşündüm. Telekinezi ile çöp kutusunu kaldırmayı denedim, yerinden bile oynamadı.

Demek ki Profesör'ün her yazdığı etikete inanmamak gerekiyor. Zaten az önce de olağanüstü buluş diye kırk yıllık şalgam suyunu bize yutturmaya çalıştı.

Bir yerde okumuştum, çok çalışan beyinler bir süre sonra yorulurmuş. Herhâlde bizim Mirket de hafiften sıyırdı.

Neyse zaten süper güçleri bu güne dek sadece filmlerde gördük. Ben yine Ceren'i etkilemek için normal yollara döneyim bari. Çiçek alırım, olmadı Necati ağabeye rica ederim, hatırım için yalancı bir kavgada onu dövmeme izin verir. Eh benim boyutlarımda biri, bir fili tek başına döverse izleyende süper güç etkisi yaratır sanırım...

Şişeyi de atmak lazım, benim gibi yeniyetmeleri boşu boşuna süper güç yalanlarıyla oyalamasın, zaman kaybediyoruz.

Yapılacak bir sürü kahramanlık, etkilenmesi gereken kızlar var, etkisiz iksirler bizden uzak olsun.

Okuldan eve döndüğümde babam ve Necati ağabey çizgi film izliyorlardı. Beni de çağırdılar ama keyfim yoktu, biraz yemek yiyip erkenden yattım. Yattım ama babamların kahkaha seslerinden uyumak ne mümkün!

Kalktım, yanlarına gittim. İkisi birden yerde tepinerek gülüyorlardı. Son bölüm çok efsaneymiş, ben de seyretmeliymişim. Yok ya ben ergenim bir kere, bir sürü derdim var. Kızları etkilemem lazım, derslerimin iyi olması lazım, süper güçlerim olması lazım ama yok, sizin gibi boş boş televizyon seyredemem ki...

Zaten sinirliydim, çıkardıkları gürültü iyice tepemi attırdı.

Kulaklarımı tıkayıp yüksek sesle, "Sesi kısılasıcalar, sesi kısılasıcalar, sesi kısılasıcalar..." diye üç kere bağırdım.

Annem gürültüden rahatsız olunca hep böyle söyler. Gerçekten sesler birden kesildi, gözümü açtığımda ikisi de kısık sesle konuşuyorlardı. Nasıl ya? Başardım mı yani? Süper gücüm mü oldu benim?

Ben olayı anlamaya çalışırken dedem Peyami geldi bu sefer o başladı bağırmaya.

"Vay bensiz dizi izlemeceler, gülmekten kopmacalar... Var mı öyle kanka olmadan keyif yapmak? Az kayın bakalım yana, dedelerin şahı geldi. Şamataya bir ikiii, şamataya bir ikiii..."

Kelimenin tam anlamıyla delirdim, o anda başta dedem olmak üzere bütün aile büyüklerime karşı saygısızlık yapmayı çok istedim. Karşı konulması zor bir istekti doğrusu... "Hayırrr, yeteeer, uyumak istiyoruum..." diye bağırdım, sinirden yine gözlerimi kapatmıştım.

Yeniden açtığımda inanılmaz olaylarda ikinci perde başlamıştı. Babam, dedem ve Necati ağabey tüm salon eşyalarıyla birlikte yerden havalanmış, avizenin altında peş peşe dönüyorlardı.

Necati ağabey tam güneş olup diğerlerini çekim gücüyle etrafında döndürecek ebattaydı ama henüz galaksi kıvamına gelememişlerdi.

Onları o hâlde görünce o kadar çok şaşırdım ki mecburen sakinleştim. Benim susmamla birlikte hepsi aynı anda yere düştüler. Sanırım Necati ağabeyin düşüşü bizim binanın betonarme taşıyıcı sistemini biraz zorladı.

Hep birlikte birkaç dakika boyunca merkez üssü bizim ev olan tahminen 6.5 şiddetinde depremle sallandık.

Gürültüyü duyan annem odaya geldi. Hepimizi iyi ve sağlam görünce rahatladı ancak geldiği gibi aynı hızla evin diğer bölümlerinin sallantıdan etkilenip etkilenmediğini kontrol etmek üzere gitti.

Babam, Necati ağabey ve dedem hâlâ kısık sesle konuşmaktaydılar. Bütün bunları ben yapmıştım.

Demek ki bizim profesörün beyni henüz yorulmamıştı, yaptığı sihirli deodorant işe yarıyordu. Ben kaybettiğim hayalime kavuştuğum için mutlu bir şekilde olduğum yerde zıplıyordum. O sırada babam, "Oğlum önce bir sesimizi açsan da sonra sevinsen olmaz mı?

Biz de iyi kötü aileniz yani, bu kadar kolay devre dışı bırakmasan da umurunda olmadığımızı düşünmesek..." dedi.

Birden çok utandım, ellerimi babama doğru uzattım. Kısa bir süre boğazını tuttuktan sonra normal ses tonunda konuşmaya başladı. Kesin süper güçtüm artık, her şeyi yapabilirim! Heyoo!

Babam elindeki kepçeyi mikrofon yapıp bana uzatmış, spiker sesiyle röportaja başlamıştı.

"Bir süper kahraman olarak ne yapmayı düşünüyorsunuz?"

"Kötülerin korkulu rüyası, iyilerin korkusuz rüyası olacağım."

"Kendinize belirlediğiniz bir kostüm var mı?"

"Bu konudaki Ar-Ge çalışmalarım devam ediyor. Geleneksel olanla modern tarzın karışımı neoklasik bir şeyler var kafamda, bakacağız artık..."

"Peki son olarak süper kahraman olmak isteyen gençlere tavsiyeleriniz nelerdir?"

"Bol bol video oyunu oynasınlar, bir de kimya derslerine mutlaka ilgi göstersinler, aslında bizim okulda Profesör

Mirket'i izleseler çok daha kısa yoldan hedeflerine ulaşırlar."

Aslında babamın elindeki kepçeye biraz bakınca aklıma, kendim gibi süper bir fikir geldi. Kepçeyi elime alıp havada çevirmeye başladım.

"İyilik ve ötesi için her şey bol kepçe! İşte karşınızda yeni süper kahramanınız Kepçe Adam!" Bulmuştum işte, yaşasın. Hiçbir filmde daha önce görülmemiş, taklit edilmesi imkânsız biriydim artık... Kepçe Adam...

İsmi buldum ama kostüm beni zorluyor, üç gündür odamda sürekli kıyafet tasarımı yapıyorum ama henüz kepçeliğe uygun bir tarz bulamadım.

Aklıma sürekli beyaz büyük şapka ve beyaz önlük geliyor. Bu da aşçı kıyafeti işte, kepçeden midir nedir başka şey düşünemez oldum. Üstelik bir de şişmanlayıp göbek yapmam lazım, tüm aşçılar şişman olur.

Ay! Fazla düşünmekten saçmalamaya başladım. Yemek yapan süper kahraman olmak istemiyorum, başka bir kıyafet bulmam şart...

Evde olunca, süper gücünüzü mecburen aile için kullanıyorsunuz.

Ben tasarımlarımla uğraşırken, bir de baktım ki annem ortalığı süpürürken babamla Necati ağabeyin saatlerce üzerinden kalkmadıkları koltukta takıldı.

Babamlar oyun oynarken dünyayı unuttuklarından annemin koltuğun altına ulaşmak için harcadığı çabayı görmediler bile... Gözümü devirip koltuğa baktım, anında yerden havalandı.

Annem işini bitirince de gözümü çektim. Hop koltuk hızla yere yapıştı, babam parkeye serildi, Necati ağabey de üzerine... Oh olsun, çalışana saygı yahu...

Siz göstermezseniz Kepçe Adam halleder. Anneciğim bir kahraman doğurmuş olmanın gururuyla bana göz kırptı.

Şu kıyafet işini halledemediğim için karizmam çizilmesin diye dışarı pek çıkmıyorum. Bütün süper gücümü evde denemek zorunda kalıyorum. Oturmaktan bir yerlerim ağrıyınca kendimi havaya kaldırdım. Kitapları, ödevimi, çantamı da...

Odamda her şey havada dolaşıyor, ben de ihtiyacım olanı alıp kullanıyorum. Böylesi masa başında çalışmaktan çok daha keyifliymiş, tek sıkıntı annem beni ne zaman havada görse, "Oğlum Şakir, hazır yukarı çıkmışken şu avizenin tozunu alıver. Bir de tavan köşelerini sil, ben oralara yetişemiyorum." diyor.

Yapıyorum ama bir süper kahraman için çok gönül kırıcı işler bunlar, gururum zedeleniyor. Bu işe bir son vermem lazım artık. Bir an önce kıyafet işini halledip sokağa çıkmalıyım yoksa tavanlarda dolaşıp toz alarak süper gücümü boşa harcamış olacağım.

Canan'a da iksirden sıkmak lazım, o zaman ev işlerinde anneme o yardım eder.

Artık canıma yettiği için Necati ağabeyin getirdiği kıyafet tasarımını kabul etmek zorunda kaldım, en azından aşçı kıyafeti gibi değil... Eh sokağa çıkma zamanı, bakalım yardıma ihtiyacı olan var mı?

Babam haber verdi, bizim mahallenin kedisi Suphi ağabey ağacın tepesinde kalmış.

Bu da bir garip hakikaten, gelmiş elli yaşına hâlâ ağaç görünce dayanamıyor. Çıkıyorsun madem inmeyi niye beceremiyorsun?

Neyse ilk işimiz bu diye fırladım. Uçarken nasıl görüneceğimi de düşündüm ama Süpermen'in tarzından farklı bir şekil bulamadım. Bir kolum ileri doğru uzanmış hâlde ağaca yaklaşıp Suphi ağabeyi oradan aldım, yavaşça yere indirdim.

Aman kalabalıktan bir alkış, bir kıyamet, millet delirdi. Adımı sordular. "Süper Kepçe Adam..." deyince başladılar tezahürata. "Süper Kepçe Adam! Sen çok yaşa, milli kahraman... Var ol, nur ol..."

O anda bir marş bile bestelediler, inanamadım. Hazır marş bestelenmişken de tek sıra uygun adım ilerleyip gözden kayboldular.

İkinci görevim, biraz daha zorluydu. Frenleri patlamış bir arabayı son anda durdurup uçurumdan yuvarlanmasını engelledim.

Bir sonrakinde dünyaya çarpmak üzere olan bir meteoru tuttuğum gibi uzaya geri fırlattım.

Her yerden sürekli ihbarlar geliyordu. Her olaya yetişmem zordu ama elimden geleni yapıyordum.

Bu arada adıma bestelenen marşa her geçen gün yeni cümleler ekleniyordu. Ancak biraz abartmışlardı. Kısa bir mola verip dürüm yediğimi görmüşler, onu bile marşa eklemişlerdi.

Sokaklar artık, "Trafik kazasını engelleeer, meteoru dengeleer, Adana dürüm çok seveer, kötüleri hep yeneer, Kepçe Adaam, Kepçe Adaaam..." diye bağırarak yürüyen insanlarla doluydu.

Gurur duymakla birlikte biraz da utandığımı itiraf etmeliyim.

Halk, kendini kaybetmiş hâlde böyle dolaşırken bir polis olayın saçmalığını fark edip, "Yahu koca adamlarsınız, çocuk gibi tekerleme söyleyerek geziniyorsunuz. İşinize gücünüze baksanıza, o yapacağını yapsın, size ne?" diye çıkıştı.

Aslında ben de hep bunu söylemek istemiştim ama hayranlarım bana kırılırlar diye cesaret edemiyordum.

Nasıl olduysa birden ayıldılar, herkes marş söylemeyi kesti. "Polis doğru söylüyor vallahi, yapsın o kahramanlığını, bize ne? Biz ekmeğimizin peşine gidelim. Çoluk çocuk kaç gündür perişan oldu, hanım da yan sokaktaydı, dur onu da toplayayım da eve gidip yemek yapalım."

Aaa! Bir anda bütün çılgın hayranlarım normal insanlara dönüştü. Neyse belki böylesi daha iyi oldu, ben de kendi yaşıtlarımla vakit geçiririm artık...

Uzun zamandır gitmediğim okuluma doğru inişe geçtim. Bahçenin üstünde alçalarak birkaç tur attım, sonra yükselip pike yaparak kızlara biraz coşku verdim, erkekler de kıskançlıktan çatladılar. Bu da keyifliydi vallahi, hep iyilik hep iyilik nereye kadar? Süper kahramanların da eğlenmeye, dalga geçmeye ve sık sık dürüm yemeğe hakları vardır.

Yere indiğimde çoğunluğu kızlardan oluşan büyük bir grup imza almak üzere etrafımı çevirdi.

Bizim çekingen ve asosyal Caner de bir köşeye sinmiş uzaktan benim etrafımdaki kalabalığı izliyordu. Gözlerindeki kıskançlığı aramızdaki mesafeye rağmen görmemek imkânsızdı.

Geç kaldıklarını düşündükleri için bana doğru hızla gelen üç kişi, onlara arkası dönük duran Caner'e çarpıp onu yere düşürdü. O sırada müdürümüz de yanıma geldi, bütün okul olarak benimle gurur duyduklarını söyledi. Bu kadar iltifat karşısında göğsüm kabardı tabii...

Eve döndüğümde herkes mutfak masasının etrafında toplanmıştı. Masanın üzeri ise benle doluydu: bana benzeyen kalemler, üzerinde resmim olan kupalar, kalem kutuları, yastıklar... Bornoz bile vardı. Bir de en komiği, püsküllü el dokuması halıya kostümlü hâlimi işlemişlerdi, yüzüm yamuk yumuk bir canavara benziyordu. Halının havı bir tarafa doğru yattığı için kafam uzun bir topatan kavunu formundaydı.

Necati ağabey, kepçe adam oyuncakları ile yere oturmuş, küçük bir çocuk gibi uslu uslu oynuyordu. "Kurtar beni Kepçe Adam, çok zor durumdayım."

"Heyo hemen geliyorum. Ben Kepçe Adamım, her yere yetişiriiimm..."

Annem en büyük boy Kepçe Adam tişörtlerinden arıyordu.

Babam en sonuncusunu Necati ağabeye vermiş. Necati ağabeyin üzerinde en büyük 5XL tişört bile en küçük beden gibi duruyordu. Kolları pırtlamış, göbeği de açıkta kalmıştı.

Tişörtü zar zor üzerinden alıp, ütüleyip paket yaptılar. Meğerse ne çok talep varmış.

Annelerin gözünün aynı anda sekiz farklı şeyi birden görebildiğini bilirsiniz. Annem de bir anda paketi bırakıp bana döndü. "Şakirciğim kafanda kiremit kalmış." dedi.

Okuldan dönerken yıkılan bir binadan birkaç kişi kurtarmıştım, oradan kalmış. Süper kahraman olunca böyle işte, her gün bir sürü işin oluyor ve çok yoruluyorsun.

Tam bu anda Necati ağabey yanıma gelip selfie çekmemizi istedi. Çaresiz boyun eğdim. Fotoğrafa bakınca ilk görülen şey yüzümdeki yorgunluk ve bitkinlikti, Necati ağabey ise süper neşeli ve enerjik görünüyordu.

Bu kahramanlık işi gerçekten çok zordu. Artık sıkılmaya başlamıştım. Babam Remzi, "Kolay mı oğlum bütün gün İstanbul kazan sen kepçe..." deyip, Necat ağabey ile göbeklerini hoplatarak gülmeye başladılar.

Umurlarında bile değildim yani, işi iyice ilerletmişlerdi. Dedem, bir dürbün ve telsiz almış bütün yardım çağrılarını anında yakalayıp bana haber veriyordu.

Neredeyse bütün gün çatıdaydı.

Nasıl organize oldular bilmiyorum ama bana ihtiyacı olanlar gökyüzüne lazerle Kepçe Adam yazıyor, dedem de görür görmez anneme telsizle haber veriyor, annem de beni olay yerine gönderiyordu. Nefes alacak vaktim bile olmuyordu, çocukluğumu yitirip büyük adam olmuştum resmen...

Yok efendim, biri çay koyarken yanlışlıkla kayınvalidesinin saçını çekmiş, aile kavgası çıkmış. "Kocamı seviyorum, boşanmak istemiyorum, bizi kurtarın..." diye haber yollamış.

Küçük bir çocuğun oyun konsolu bozulmuş, oyunu kaydedemiyormuş zor durumdaymış. Bir teyze tam saçını boyarken sular kesilmiş, acilen su bulamazsa saçları yanarmış. İşte böyle bir sürü konu...

Ben nasıl yetişebilirim bu kadar soruna yahu? Benimki de can... Eğlenmek, oynamak, uyumak istiyorum. İstifa ediyorum ben...

Zaten canım burnumdaydı, bir de annem elinde koca bir listeyle yanıma gelince ipler iyice koptu. Bunlar da telefon ihbarlarıymış.

Kedisini kaybeden bir kadın varmış, karısını kaybeden bir kedi varmış, aklını kaybeden bir gergedan varmış.

İtfaiye binasında yangın çıkmış, kendileri söndüremiyorlarmış. Sular idaresini su basmış. Meteoroloji binasına da meteor düşmüş.

Nasıl? Böyle şeyler nasıl oluyor ve beni buluyor? Sonuçta süper güçlerim de olsa kapasite denilen bir şey var.

Evet olağanüstüyüm, çok güçlüyüm ama bedenim çocuk daha. Yoruluyorum.

Artık nasıl sabrım bittiyse kimseyi dinlemedim, kendi kendime boşlukta taklalar atıp, "Şakir istifa! Şakir istifa!" diye bağırmaya başladım.

Babam, "Süper güç, süper sorumluluk demektir oğlum..." gibilerinden bir giriş yapıp beni ikna etmeye çalıştıysa da artık bir cümle bile duymaya tahammülüm yoktu. Süper kahraman giysilerimi bir çırpıda çıkarıp camdan aşağı attım. Artık Kepçe Adamlıktan kesin olarak istifa etmiştim, daha doğrusu ben öyle sanıyordum.

Meğerse benim laboratuvarda üstüme sıktıktan sonra işe yaramıyor diye attığım şişeyi bizim Caner almış. O da denemiş ve doğal olarak süper güçlere kavuşmuş. Ama çocuk, içine kapanık olmasının suçunu insanlara yüklemiş olacak ki edindiği gücü kötülüğe kullanmaya başlamış.

Ben tam Kepçe Adamlıktan istifa etmiş, güzel güzel oturup tenis topumla oynarken, hâlâ açık olan telsizden dedemin sesini duydum. Sevgili Peyami dedem, ben istifa ettiğim için Caner'in kötülüklerini durdurmaya kendisi gitmiş. Caner dedeme göre çok güçlü tabii... Bir de yaşlı başlı adam sihirle nasıl baş etsin? Telsizden yardım isteyip beni çağırıyordu.

Caner, kendine bir de isim takmış. Değişik Adam mı ne? Öyle bir şey diyor.

Dedem candır, onu bu durumdayken asla tek başına bırakamazdım. Evden fırlayıp sokağa attığım kostümümü tekrar giydim.

Biraz buruşmuştu ama olsun, pasaklı da olsam yeniden Kepçe Adam olmuştum.

Dışarıda insanlar panik hâlinde koşuyorlardı. Ana caddeye vardığımda dedemi gördüm. Caner onu bir elektrik direğine bağlamış, tam üstünde havada dönerek etrafa ışınlar atıyordu.

Hemen yanlarına uçtum. Caner beni görünce, "Hoş geldin popüler çocuk, bu kadar sevilmek nasıl bir duygu? Senin için kolay, zaten herkes seni severdi, benim yüzüme bile bakmazlardı."

Vay! Bizim çocuk içinde bayağı bir öfke biriktirmiş anlaşılan. En çok da bana kızgın, onu sakinleştirmem lazım... "Sen böyle gücünü kötülük için kullanırsan insanlar seni sevmez, aksine senden korkar ve kaçar. Asla popüler olamazsın."

Sanırım yanlış bir cümle kurmuştum. Caner sakinleşeceğine iyice delirdi. Yolun kenarına park etmiş bir kamyoneti yerinden kaldırıp dedemin tepesine getirdi ve inanamayacaksınız ama aşağı bıraktı. Var gücümle fırladım ancak beni de uzağa itti.

Saliseler sonra dedemin kafasına düşecek olan kamyoneti durdurmak için yetişmeye çalışıyordum. Son anda süper gücümün bir başka özelliği aklıma geldi, zamanı durdurdum.

Oh be! Dedemi kurtarmıştım. Etrafta her şey, Caner'den kaçan insanlar, gökyüzünde çakan şimşek, hatta Caner bile olduğu yerde sabitlenmişti ve kımıldamadan duruyorlardı.

Ancak gücümü kestiğim anda zaman akmaya devam edecek ve Caner'in kötülüklerine engel olamayacaktım. Başka bir çare bulmalıydım, zamanı durdurabiliyorsam belki geriye almayı da başarabilirdim. Caner'i laboratuvarda benim attığım şişeyi alamadan durdurmalıydım. Denedim, bütün bedenimle gücüme odaklandım.

Gözlerimi kapatıp açtığımda çok şükür laboratuvardaydım. Profesör Mirket tahtadaydı.

Kendimi tutamayıp, "Yaşasın, işe yaradı, başardım!" diye bağırınca Profesör, "Ne işe yaradı evladım? Neden bahsediyorsun?" diye sordu. "Yok bir şey hocam..." deyip işime odaklandım.

Öncelikle Caner'in gülünç duruma düşmesini engellemeliydim. Belki böylece öfkeye kapılmaz, kötülük peşinde koşmaktan vazgeçerdi.

Akbaba Cemşit pis şakasına başlamak üzereydi. Çaktırmadan komikli iksir şişesinin kapağının yönünü değiştirdim.

Cemşit, Caner'in yanına gidip kapağa bastığı anda sprey onun yüzüne geldi ve kafası büyümeye başladı.

Şimdi gülünç duruma düşen Cemşit oldu.

O sırada teneffüs zili çaldı ve Profesör, "Haftaya bir arkadaşınızla takım olarak gelin, önemli bir deney yapacağım." dedi.

Şimdi sıra Caner'in kendine güvenmesini sağlamaktaydı. Arkasından gidip elimi omzuna koydum. "Caner haftaya ikimiz takım olalım mı? Ne dersin?" diye sordum. Sevinçten kulaklarına kadar kızardı ve "Sağ ol bu teklifin için, çok sevinirim." dedi.

Kendimi tutamayıp, "Önemli değil, Kepçe Adam her zaman yanında..." deyiverdim. Şaşkın bir ifadeyle yüzüme baktı. "Ne kepçesi?" diye sordu. Bunu halletmek için süper güçlü olmak gerekmiyordu, biraz hazır cevap olmak yeterliydi.

"Boşver kardeş, evde hep yeni yemekler yapmayı deneyip başarısız olduğum için ailedekiler bana Kepçe Adam derler…" Gülüştük, cebimden çıkardığım tenis topunu birbirimize ata tuta kantine doğru yürümeye başladık.

Süper güçlü olmayı seviyorum galiba. Bir süre daha yapacağım sanki içimden bir ses öyle diyor…

ŞAKİR'İN KOPYALARI

Birkaç yıl öncesine kadar, büyümeyi çok isterdim. Kim istemez ki? Araba kullanmak, tıraş olmak, gece eve geç gelmek, kimseye hesap vermemek, istediğini yemek, istediğini giymek gibi saymakla bitmeyen bir sürü avantajı var.

Ama bu yıl fikir değiştirdim, artık daha fazla büyümek istemiyorum.

Şu sıralar istediğim hakları alacak kadar yetişkin değilim ama sadece istediklerimi yapıp, kafama göre takılacak kadar da çocuk değilim. Bu ikisinin arasında kalmak acayip moral bozucu bir durum...

PlayStation gibi düşünün, amatörü geçtiniz, profesyonel oldunuz ama bir türlü legend olamıyorsunuz; son anda kaybediyorsunuz. Ben de bir türlü kimsenin benden bir şey istemeyeceği level'e asla gelemiyorum.

Azıcık uzadım, birazcık ağabey gibi görünmeye başladım diye öyle çok üstüme gelindi ki saklanacak delik arar hâle düştüm. Neler mi oldu? Ne olmadı ki?

Geçen sabah uykunun en derin, en sıcak, kalkılması en zor anındayken annemin, "Hadi Şakiiirr, kalk Şakiiirr!" sesiyle uyanıverdim. Kalkmamak olmaz.

Ruhum yatakta kaldıysa da bedenimi banyoya götürüp dişlerini fırçalamasına, yüzünü yıkmasına yardım ettim.

Bizim evde sabah hareketi çoktan başlamıştı. Her kafadan bir ses çıkıyordu. Annem kahvaltıya çağırıyor, Canan acilen banyoyu boşaltmamı istiyor, babam kumandayı arıyordu. Sabah sabah kumandayı ne yapacaksa?

Necati ağabey de bir şey söylemiş olmak için boş boş konuşup ortama uyum sağlamaya çalışıyordu.

Ruhum hâlâ yataktaydı, kahvaltıya bile gelmemişti. Bana yöneltilen yüzlerce soruya cevap vermek bir yana, ne dediklerini bile tam olarak anladığımı söyleyemem.

Midemdeki çocuklar sabahtan beri tepinip, "Yimeekk... Yimeekk..." diye bağırdıkları için madem ailemi susturamıyorum bari onları sakinleştireyim diye biraz bir şeyler yedim.

Sıra her sabah yaşanan 365. Otobüs Savaşları'ndaydı. Kimse bu anlamsız savaşı durduramıyordu. Yaklaşık yüz kişiyi her sabah kırk beş kişilik otobüse tıkıştırıyorlar, ayağını bile basacak yer bulamıyordun.

Bir de boyum hâlâ kısa, neredeyse otobüsün tavanına yapışık duran tutamaçları bir türlü yakalayamıyorum.

Eğer bir tutamaç yakalayamadıysanız her virajda her durma kalkmada ağırlık merkeziniz otobüsün ağırlık merkezinden ayrılır ve düşersiniz.

Allah'tan öyle sıkışık gidiyoruz ki etraftakilerin bedenleri arasında iki sallanıp tekrar sabit hâle gelebiliyorum.

Her şey çok sıradan ve çok sıkıcı... Uyan, yüzünü yıka, kahvaltı et, aynı otobüse bin, okulda öğretmen ilk iş ödevini sorsun, sonra taş devrinden başlayan yüzlerce soru sorup hepsinin cevabını bilmeni istesin, teneffüste herkes yaramazlık yapıp gürültü çıkarsın, sonra yine ders, yine otobüs, yine ev...

En fecisi de herkesin senden bir şeyler istemesi... Hiç bitmiyor, ne kadar uğraşırsam uğraşayım benden istenenlerin bir türlü sonunu getiremiyorum.

Sanırım Charlie Chaplin'in böyle sessiz bir filmi vardı. Robot gibi sürekli aynı işleri yapıyor ve o da benim gibi çok sıkılıyordu.

Bezgin, bıkkın evin kapısını çaldım. Annem kapıyı açar açmaz burnuma alışveriş listesi dayadı, gittim istediklerini alıp geldim.

Tam elimde paketlerle içeri gireceğim; bu sefer de çöp torbasını tutuşturdu... Hiç huzur yok.

Babam geldi, sandım ki beni annemin zulmünden kurtaracak. Hayır, tam tersine o da üstüme geldi, yine kumanda arıyor.

Ne önemli kumandaymış kardeşim, sanırsın oturduğu koltuktan *Yıldız Savaşları 7*'yi o kumandayla yönetecek! Öyle bir azim, öyle bir bulma isteği...

Peyami: "Sırtımı kaşısana Şakir!"

Kadriye: "Ödevin bitti mi Şakir?"

Canan: "Dizüstü bilgisayarım yine bozuldu, bakar mısın Şakir?"

Remzi: "Kumanda nerede Şakir?"

Peyami: "Daha hızlı kaşı Şakir!"

Fil Necati: "Sırtıma masaj yap Şakir!"

Kadriye: "Çantanı hazırladın mı Şakir?"

Canan: "Fare çalışmıyor Şakir?"

Remzi: "Kumanda hâlâ yok Şakir!"

Peyami: "Aşağıya kaşı Şakir!"

Fil Necati: "Bastır iyice Şakir!"

Kadriye: "Dişini fırçaladın mı Şakir?"

Canan: Klavyem çalışmıyor Şakir?"

Bu aile beni delirtecek! Canan bilgisayarını tamir etmemi istiyor, dedem sırtını kaşıtmanın peşinde... Necati ağabey bilgisayarda oyun açmam için her dakika yalvarıyor. Babam desen zaten kendisi kumanda olmuş, dönüp duruyor evin içinde. Annemin de işi gücü benim, sürekli bir şey istiyor ya da binlerce soru soruyor.

Nasıl bir arşiv bu hiç tükenmedi yahu!

Henüz az büyümüş bir delikanlı olabilirim ama benim sabrımın da bir sınırı var sonuçta. Her şey bu kadar üstüme gelince şafak attı ve öyle bir bağırdım ki dünyayı yerinden oynattım. Hatta eksende üç derecelik kayma oluştu.

Çığlığım yaklaşık 9,4 şiddetinde bir deprem etkisi yarattı. Uzaylı Dudiler bile duymuş olabilir.

Ailem verdiğim tepkiye çok şaşırdı. Beni bunalttıklarının farkında bile değillerdi. İyice canım sıkıldı, onların kalbini kırmamak için dışarı çıktım.

Bir süre kaldırımda bulduğum her nesneye tekme atarak dolaştım. Tabii ki kediler köpekler hariç, ne kadar sinirli olursam olayım onların canını asla yakmam.

Nereye gideceğimi bilmeden yürürken bizim Profesör Mirket'in laboratuvarının önüne gelmişim.

Baktım kamyonetten kocaman bir alet indiriyordu. Ben, "Bir dakika yardım edeyim." diyene kadar o yüklendi ve aletle birlikte kaldırıma serildi, gittim kaldırdım.

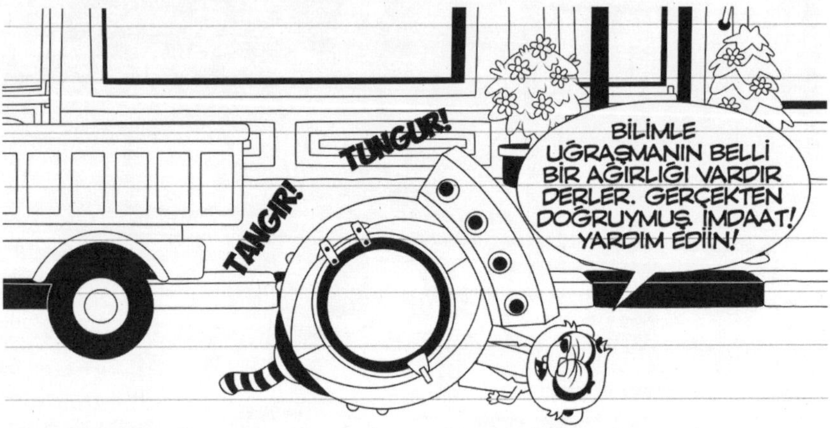

Mirket, aleti taşımasına yardım edersem bana uçan kaykay vereceğini söyledi. Sevinçten havalara uçtum ama şakaymış, sadece ayran ikram edermiş.

Bizim mahallenin bilimadamları bile acayip, küçücük çocukla dalga geçiyor. Elektrikli kaykaya heveslen, koca aleti taşı, üstüne bir bardak soğuk ayran iç!

Su verse belki daha iyiydi, hiç değilse birkaç saniye süren kaykay hayalimin üzerine içmiş olurdum.

Sonuçta delikanlıyız, hiçbir şey vermese de zor durumda olanlara yardım ederiz, kanımızda var.

Koca aleti içeri taşıdık. Profesör, "Al bakalım ayranını, laboratuvarda yaptım." dedi. Bendeniz saf Şakir gene inanıp, "Hakikaten mi?" dedim. Yine dalga geçti benimle.

O, burada dünyayı sallayacak icatlar peşindeymiş, ayranı bakkaldan alırmış.

Eh haklı aslında, koca bilimadamı yoğurtla suyu karıştırana kadar atom parçalar, lazer ışın yaratır, aklını daha verimli kullanmış olur.

Ayranımı içince bıyıklarımda kalan köpüklerle de bir süre uğraştıktan sonra esas derdini söyledi. "Bu alet bir molekülik çoğaltasyon makinesi ama denek bulamadığım için başarılı olup olmadığımı da bilemiyorum."

Önce inanmadım, sonra kopyalanmış tuvalet kâğıtlarını görünce ikna oldum ama çenemi de tutamadım tabii.

"Keşke daha düzgün bir şeyler kopyalasaydınız." demiş bulundum.

Kendince bir mantığı var aslında, tuvalet kâğıdı hızlı tükendiği için onu çoğaltmış.

İsmi ve yaptığı iş biraz itici olsa da Mirket yine haklı...

Yerde üst üste yatan kâğıt rulolar aklıma dâhiyane bir fikir getirdi.

Laboratuvar havası işte, bilim üretilen yerde ister istemez normal çocukların bile zekâsı artıyor demek ki...

Ben denek olacaktım, kendimden kopyalar yaratabilirsem benden istenen işleri onlara yaptıracaktım. Bana göre süper fikirdi, devamını düşünmedim bile...

Profesör canlı bir denek bulduğu için çok mutluydu. Hem de ailesinin beklentilerinden yorulmuş bu genç insana faydalı olacaktı.

Hiç zaman kaybetmeden kabine girdim.

Biraz ışıklar yanıp söndü kabin sallandı. Birkaç dakika sonra dışarı çıktığımda mucize gerçekleşmişti. Benden bir tane daha vardı. Sevinçten havalara uçtum Şakir 2'yi peşime takıp eve doğru yollandım.

Bundan sonraki birkaç gün her şey muhteşemdi.

Evi temizleme, ödevler, çöp atma, sırt kaşıma, bilgisayar tamiri benden istenen ne varsa hepsini Şakir 2'ye yaptırıyordum.

Keyfime diyecek yoktu, hem ailem mutluydu hem de ben hiç yorulmayıp keyif çatıyordum.

Atladığım bir nokta vardı. Şakir 2 de sonuçta benim kopyamdı ve onun da dayanma gücü benimle aynıydı.

Bir akşam hem ders çalışıp hem dedemin sırtını kaşıyıp, bir yandan Canan'ın dizüstü bilgisayarını tamir edip, ayaklarıyla da Necati ağabeyin sırtını çiğnerken onun da sabrı taştı.

Kocaman "Yeteeeeerr!" çığlığı günlerdir yaşadığım rüya gibi hayatın bitişini haber veriyordu.

O andan sonra Şakir 2'yi hiçbir yerde bulamadım.

Bütün gece her yere baktım ama yoktu. Sonunda uyuyakalmışım. Sabah gözümü açtığımda odadaydı.

"Oh sonunda geldin mi?" diye sordum. "Evet." dedi ama feci olan peşinden altı tane daha "evet" gelmesiydi.

Yataktan fırladım, odanın içinde tam altı adet benden vardı.

"Bu bir kâbus olmalı, uyanmak zorundayım. Hadi uyanayım ve hepsi yok olsun."

Gözlerimi sıkı sıkı kapatıp tekrar açtım ama faydası yoktu. Ben ve Şakirlerim hâlâ aynı yerdeydik.

Ben, kopyalarımdan nasıl kurtulacağımı düşünürken onların derdi başkaydı. Hepsinin karnı "Yimeekk, yimeek!" diye zil çalıyor olsa gerek, aynı anda "Hücuum... Kahvaltıyaa!" diyerek salona doğru koşmaya başladılar. Tabii ben de peşlerinden...

İlk şoku peş peşe 7 tane Şakir gören dedem yaşadı. Yanından koşarak geçen ilk Şakir'e, "Koşma evladım, yavaş olsana biraz..." dedi. Üzerine diğer 5 tanesi geçince dedemin aklı uçtu.

En son beni gördüğünde öyle bir kilitlendi ki toparlamamız bayağı zor olacak, yüzündeki ifadeden öyle anladım.

Salon tam bir savaş alanı gibiydi. Annemle Necati ağabey bir koltuğun arkasında, babam diğer koltuğun arkasındaydı. Her şey alt üst olmuştu. Beni görünce, "Geri geldiler, mahvolduk!" diye bağırmaya başladılar.

Necati ağabey o panikle, "Bu koltuk ikimizi saklamak için dar, üzgünüm Kadriye..." diyerek annemi ittirdi. Durumun karmaşıklığı ailemin insani duygularını bile yok etmek üzereydi. Acilen çözüm bulmak zorundaydım.

Yardım istemek için Mirket'e giderken sokaktaki Şakirleri görüp kahroldum.

Her şeye saldırıp yemeye çalışıyorlardı. Etraf bir köşesinden ısırılmış banklar, çöp kutuları, sokak lambalarıyla doluydu.

Çok utandım itiraf ediyorum; kopya bile olsalar onlardan çevreye daha saygılı olmalarını beklerdim, çünkü ben öyleyim.

Biraz örnek alın beni yahu! Bunlar kötü kopya... Çakmasınız oğlum siz... Kesin Mirket bunları yaparken Çin malı ucuz ham madde kullandı.

Laboratuvara girdiğimde Profesör de bir masanın arkasına saklanmıştı.

Korkmuş ama espri yeteneğini kaybedecek kadar değil. Orada ne yaptığını sordum. "Dinleniyorum." dedi, şakaymış.

Biz, dünyayı benden kurtarmaya çalışıyoruz, üretici durumla dalga geçiyor.

Ciddiyete davet ettim, acilen çözüm bulmak zorundaydık, kaybedecek zaman yoktu.

Meğerse Şakir 2, gizlice laboratuvara girip kendini kopyalamış. Bu, son derece yanlış bir işlemmiş, çünkü kopyanın kopyası yapılınca kontrol edilemez çılgın karakterli bir varlık ortaya çıkıyormuş. Tavuğun suyunun suyu gibi, sulandırdıkça tadı kaçıyor yani...

Bu sorunu, birlikte yarattığımıza göre çözümü de birlikte bulmak zorundaydık. Mirket, lazer atışı yapan sapanını aramaya başladı ama ben onu durdurdum. Kopya da olsalar 6 Şakirler canlıydı ve biz, bilerek onların canını yakamazdık.

Neyse ki başka bir icadı daha varmış.

Sokağa çıktığımızda Şakirleri bulmak hiç zor olmadı. Etraftaki ısırık izlerini takip ederek onlara ulaştık. Buldukları her şeyi kemirmekle meşguldüler. Elimizdeki süpürgeye benzeyen ışın tabancaları ile onları küçültüp bir kutuya doldurduk.

Tam bu sırada annemler geldi, beni merak etmişler. Annem, "Oğlum iyi misin?" diye sorunca ben ağzımı açmadan Profesör benim yerime cevap verdi. "İyi değil, iyi değil. Bir çocuğa bu kadar yüklenilmez hanımefendi, herkes bu çocuktan ne istiyor? Onu biraz rahat bırakın, sizin yüzünüzden kendini kopyalattı bana..."

Annem, babam, Canan ve Necati ağabey şaşkına döndü. Sanırım beni ne kadar bunalttıklarını tam da bu anda fark ettiler.

Ana yüreği işte, hâlime öyle üzüldü ki önce o pişman oldu.

"Ah oğlum ben sana hiç kıyamam, artık sana yaptırdığım bütün işleri herkes sırayla yapacak." dedi.

Sonra peş peşe döküldüler. Babam kumandayı hiç kaybetmeyecekmiş, Canan bilgisayarını kendisi tamir edecekmiş.

Necati ağabey de kumbarama artık erik atmayacakmış, ne alakaysa? Bir de bana, "Çok safsın." diyor. Safmışım ama onun kadar değilmişim. Üzülmeme gerek yok yani, hâlâ normal sınırlar içindeyim.

Profesörle laboratuvara dönüp köklü bir geri dönüşüm işlemi yaptık. Kopyalarımı yeniden bana klonladık. Kabinden çıktığımda çok rahatlamış ve mutluydum, ta ki babam konuşana kadar...

"Şakir, oğlum, kızma ama bir şey soracağım. Bizim kumandayı gördün mü?"

Dünyanın öbür ucuna kadar kaçmak istiyorum. Benim derdime Mirket bile çare bulamaz. *PlayStation*'da legend olacağıma, bir an önce büyüyüp emir alan değil emir veren olacağım.

Şu babam yine beni solar bahçe lambalarına çevirdi, bu öfkeyle sabahlara kadar yanar dururum artık... Yok mu sevabına şu lambayı söndüren?

BEYLİKDÜZÜ VE ÖTESİ

Benim için sıradan bir gün... Sıradan deyince aklınıza yedik, içtik, oturduk, TV seyrettik, uyuduk gibi şeyler geliyordur.

Onları derhal aklınızdan kovalayın çünkü Kral Şakir'in evinde sıradan bir gün, anormallik ve aktivite içerir; asla durağan bir aile olamadık, olamayacağız.

Aslında her şey sizin kafanızdaki ev standartlarına uygun sakin bir şekilde başladı. Annemin pişirdiği organik ve sağlıklı sebze yemeklerimizi bitirmiş, TV'nin karşısındaki koltuklara biblo gibi sıralanmıştık.

Yemek tamamen organik sebzelerden yapıldığı ve yanında ayran dışında destekçisi olmadığı için ağırlığı çabuk geçiyordu, kısa sürede toparlandık. Babam Remzi ve evimizin vazgeçilmez fili Necati ağabey atari oynamaya oturdular.

Atari iki kişiyle oynandığı için ben açıkta kaldım. Onlara dışarıdan bir spor spikeri gibi seslendirme yaparak eğleniyordum.

Annem de görevini başarıyla yerine getirmiş bir ev kadınının gururunu yüzüne yerleştirmiş bizi seyrediyordu.

Ben, durmadan hızlı hızlı konuşarak maçı başarıyla seslendirirken Necati ağabey bana takıldı. Atariyi çok seviyor ama oynamasını bilmiyordu.

Bedeni ağır ve iri olunca hareketleri de yavaşlıyor sanırım, oyun için gerekli hızı bir türlü yakalayamıyordu. (Acaba bedenimiz iri olunca mı yavaşlıyoruz? Yoksa aslında yavaş olanlar az hareket ettikleri için mi irileşip şişmanlıyorlar? Çok yemek yemenin bu olaydaki etkisi ne kadar? Bunu ayrıca boş bir zamanımda düşüneceğim.)

Necati ağabey, kendi yavaşlığı yüzünden yenilirken suçu bana attı. Aslında "Şakir sus, konsantrasyonumu bozuyorsun." diyecekti ama bir türlü diyemiyordu. Kelime zaten zordu. Bir yandan da oyunu oynamaya çalışıyordu, iki farklı üretim ağır geldi, orada takıldı. "Konstorf, kontrüf, konstratey, kontansiyon..."

Daha önce hiç duyulmamış, hiçbir dile ait olmayan üç beş saçma kelime ürettikten sonra golü yedi. Babam da bu arada, "Konuş oğlum konuş, bastır Şakir..." diye beni kışkırtıyordu.

Benim yüksek frekanslı maç sunumum, konsantrasyon, babamın golü derken maç bitti. Necati her zamanki gibi yenildi.

Ama kabul etmez ki mızıkçılık yapar hemen. Bıyıkları olduğuna bakmayın kocaman bir çocuktur aslında...

"Sayılmaz kontansiyonum bozuldu Şakir yüzünden, hile var." diye şikâyete başladı.

Hâlâ kelimeyi doğru söyleyemiyordu ama denemekten de vazgeçemedi.

Aslında, "Şakir dikkatimi dağıttı." dese olay bitecek. Üstelik doğru kelimelerle konuştuğu için haklı bile görünebilirdi. Konuşması yanlış olunca onu dikkate almak ve hak vermek de zorlaşıyordu galiba...

Fil Necati de bunu fark ettiğinden bu sefer babama takılmaya başladı.

"Sayılmaz, şansa attın o golü..."

"Sayılır, yeteneğimle attım, uydurma."

"Hayır, şansa attın."

"Hayır, yeteneğimle attım."

"Şansa attın."

"Yeteneğimle..."

Biri durdurmazsa bunu saatlerce sürdürebiliyorlar.

Bir yılbaşı gecesi tombala oynarken rakamlardan birine bir takıldılar. "68'di, hayır 69'du..." diye. Size yemin ederim, yazın denizde top oynarken bile hâlâ "68'di, hayır 69'du..." diye söylenmeye devam ediyorlardı.

Babam, bu tempoyu tekrar göze alamadığından Canan'a sorarak olayı bitirmek istedi. "Canan kızım sen söyle; bu gol şans mı yetenek mi?"

Kız kardeşim diye demiyorum, Canan gerçek bir ukaladır. Hanımefendi kesinlikle şansa inanmıyormuş, şans diye bir şey yokmuş.

Necati ağabey de her zamanki gibi ısrarcıydı. "Şans vardır, bu gol de şans işte..."

Canan kısır tartışmaları sevmez, onun işi felsefi uzun konuşmalar yapmaktır. "Seninle tartışmayacağım Necati ağabey!" diyerek olayı bitirdi.

Hâlbuki ben olsam ya da babam olsa sonuna kadar götürürdük. Öyledir-değildir, vardır-yoktur, gördün-görmedim, yedin-yemedim...

Birbirinin tersi kelimeleri en az otuz beşer kere tekrar etmeden bırakmazdık. Bu zıtlaşmaların sonunda kazanan çıkmazdı.

Sadece yorulurduk ve ağzımız dilimiz kururdu. Tabii ki sinirlerimizin bozulması da cabası...

Canan, sadece konuşmaz; mutlaka yanında ikinci bir iş daha yapıyordur. Bu, sanırım kızlara özgü bir yetenek, çünkü annem de aynı anda iki, üç, dört iş yapabiliyor.

Geçen gün patlıcan soyarken bir yandan TV seyrediyor, aynı zamanda kulağına kıstırdığı telefonla konuşuyordu.

Nasılsa görmez diye tezgâhta duran kekten elimle bir parça kopardım, anında ensemden yakaladı.

Özür dileyip döndüğümde yine patlıcan soyuyordu ve iki eli de doluydu. Hâlâ nasıl yapabildiğini çözemedim.

Neyse, Canan elindeki gazeteyi okurken birden heyecanlandı. Bir imza günü mü ne varmış, tarihini karıştırmış. Dünyanın en önemli bilimcilerinin imza günüymüş. Ben, babam ve Necati ağabey konuyu duymazlıktan gelmeye karar verdik, oyuna döndük.

Çünkü Canan'ın bir yerlere yetişmesi gerekirse ucu mutlaka bize dokunurdu. İmza günü bugünmüş, annem bütün iyi niyetiyle biraz da annelik şefkatinin etkisiyle hiç düşünmeden, "Gidebilirsin kızım." dedi.

Bu cümleyle hepimizi ateşe attığını hiçbirimiz henüz bilmiyorduk. Bilinçlenmemiz ikinci sorunun cevabında gerçekleşti.

İmza günü Sinanoba'daymış. Sinanoba... Sinanoba... Beylikdüzü'nden bile sonra, neredeyse Yunanistan'ın komşusu. Bu şehrin trafiğini biraz bilenler Nepal'e ya da Katmandu'ya gitmenin bile daha kolay olduğunu söyleyebilirler.

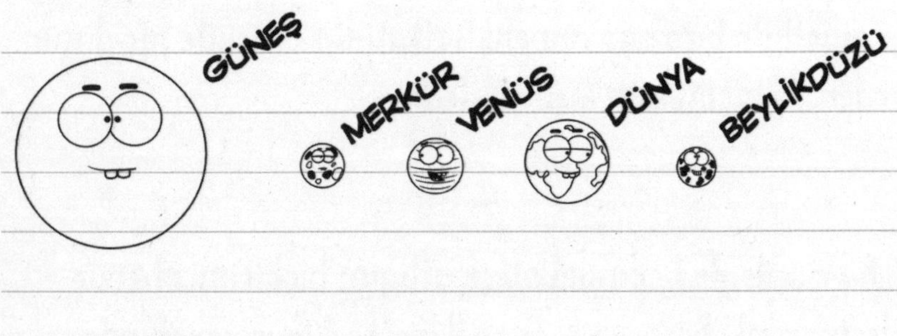

Babamın çalıştığı şirket bir ara onu Avcılar'daki ofise yerleştirmek istemişti.

Babam, "Her gün Kartal'dan Avcılar'a gitmektense Ankara'da çalışırım daha iyi.

Hiç değilse otobandan dört saatte gidebileceğimi biliyorum. Bilmediğim sürelerle yollarda kalmayı göze alamam." demişti, haklıydı da...

Bu olaydan birkaç gün sonra iş çıkış saatinde bastıran kar yağışı yüzünden insanlar evlerine ertesi sabah varabildiler. Bazıları bir dilim ekmek, zeytin acele kahvaltı edip işe gitmek üzere tekrar yola çıkmıştı.

Canan, Sinanoba'nın yerini bilmiyordu. Ben, ne kadar uzakta olduğunu anlatınca herkes feci bir yolculuktan bahsettiğimi anladı. Annem, pişmanlığından neredeyse ağlayacaktı.

Babam, ailesini, içine düştüğü bu bataktan kurtarmak için hemen itirazlara başladı. Çok uzak dedi, gidemeyiz dedi, saatler sürer yetişemeyiz dedi ama hiçbir şey, Canan'ı kafasına koyduğunu yapmaktan alıkoyamazdı.

Cebinden bir kart çıkardı, ne olduğunu biliyorum: ödeşme kartı. Bizim ailede gelenektir, emek ziyan olmasın ve kimse bir başkasının hakkını yemiş duruma düşmesin diye sadece bizim evde geçerli bir karttır bu...

Görünüm olarak biraz akbile benzer. Şöyle çalışır: Aileden birine bir iyilik yaparsan o da karta küçük bir imza atar, böylece sana borçlanır.

Başka bir gün, senin o kişiye ihtiyacın olursa ödeşme kartını çıkarırsın. Borçlu, sana yardım eder; imzası karttan silinir.

İşte Canan'ın elinde babam tarafından kocaman imzalanmış bir kart vardı. Bu da onun Sinanoba'ya gitmeyi reddedemeyecek kadar büyük borçlandığının kanıtıydı. Babam dakikalarca, "Orası çok uzak, uzay gibi uzak, Orion takımyıldızına gitsek yemin ederim daha kolay.

Onun yerine seni Konya'ya götüreyim Şeb-i Aruz törenlerini izlersin. İstersen Bursa'ya iskender yemeye gidelim..." gibi birçok farklı öneri geliştirdiyse de Canan aynı şeyi tekrar etti. "Ödeşme kartı, ödeşme kartı Sinanobaaa..."

Babam baktı ki kaçış yok, kurbanların sayısını artırmaya karar verdi. Elinde benimle Necati ağabey dışında başka seçenek olmadığından ikimiz de yarışmayı kazandık. Böylece yarın, yan kurbanlar olarak onlarla birlikte gidecektik.

Bir şey kazanmış gibi davranırsam üzüntüm hafifler diye böyle anlatıyorum.

Arabaya doluştuk, trafikte ağır ağır ilerlemeye başladık.

Babam belki yardımı olur umuduyla navigasyonu açtı ve gideceğimiz konumu işaretledi. Sinanoba yazdığı anda navigasyon çıldırdı. "Dümdüz üç milyar kilometre gidin!" dedi yahu...

Şaka gibi! Sonra sola dönecekmişiz, deli mi ne? Saatte 100 km. hızla gitsek ki gidemiyoruz, ortalama hızımız yaklaşık saatte 20km., bu hesapla Sinanoba'ya vardığımızda aradan 17.000 yıl geçmiş olacak. Allah'ım gençliğime doyamadan trafikte telef olacağım.

Babam da navigasyona inanmakta zorlandı ve cihazın bozulduğuna karar verdi. "Sinanoba o kadar da uzak değil, bir yanlışlık var." dediğinde navigasyondan direkt cevap geldi. "Yanlışlık falan yok, Sinanoba çok uzak işte!"

Babam Remzi kızdığı zaman makine filan dinlemez, anında haşladı kadını. "Sus bakayım, konuşma artık dijital sesli bozuk Navi Kadın, dinlemiyoruz seni..." Navi Kadın da altında kalmadı lafın. "Umarım girişi kaçırırsınız." dedi bize...

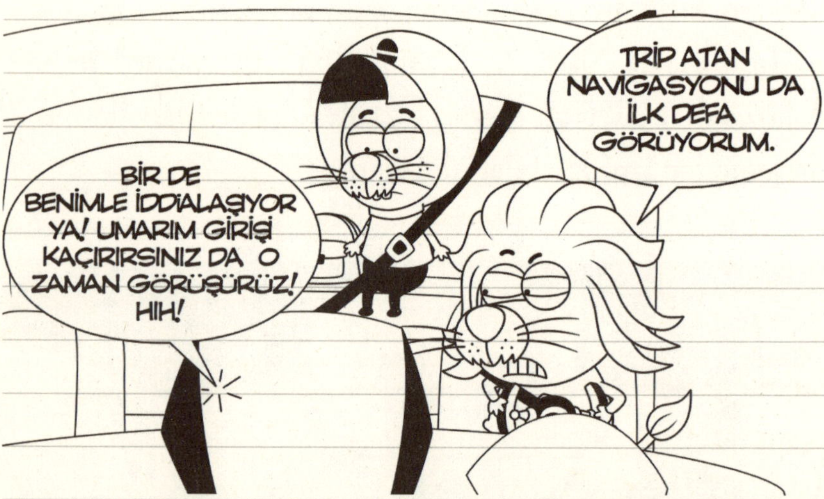

Canan, hedefine varamayacağı kaygısıyla Navi Kadın'dan yana oldu. Babamı durdurmaya çalıştı.

Normalde makine olan ama bizim araca gelince duygusallaşan navigasyonu kızdırmamasını söyledi. Navigasyon ve kızmak...

Çok acayibiz çok...

Dönüşü kaçırmamak zorundaydık, çünkü bu trafikte kaçırdığımız bir sapağa geri dönebilmek yıllarımıza mal olabilirdi. Babamı uyarmak istedim. Meğer o da navigasyondan komut bekliyormuş. Cihazda ses seda yok, ne olduğunu anlamaya çalışırken sapak kaçtı.

Fil Necati, Navi Kadın'ın bize küstüğüne emindi.

Tam sapağı geçtik, dijital ses büyük bir sevinçle bağırmaya başladı. "Sapağı kaçırdınız! Geri dönün, geri dönün, rota yeniden hesaplanıyor..."

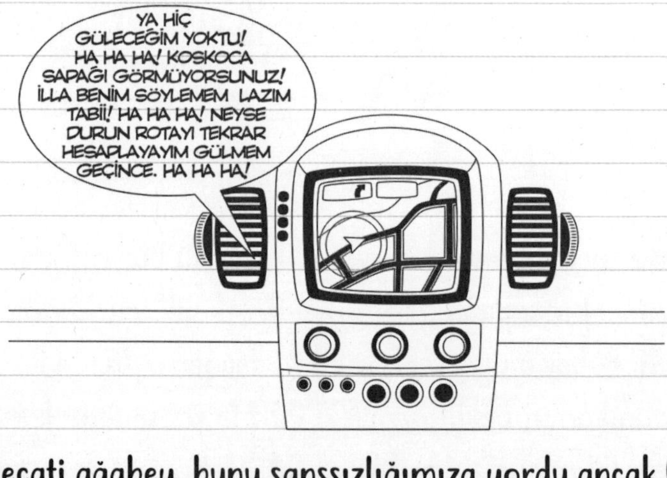

Necati ağabey, bunu şanssızlığımıza yordu ancak Canan onunla aynı fikirde değildi. Sapağa gelmeden biraz önce tünelden geçmişiz de internet bağlantısı kopmuş. Navi Kadın o yüzden sessiz kalmış. Şimdi de nasılsa sapak kaçtı diye cihazın keyfi yerine geldi, habire bilgi veriyor. Yol çalışması varmış, tahmini geçiş süresi 356 milyar trilyar milyon saatmiş gibi moral bozucu şeyler söylüyordu.

Bizim saftirik ağabeyimiz Necati kafasına gece takkesini geçirip anında uyumaya karar verdi. O kadar saat bekleyemezmiş.

Resmen trafiğin içinde mahsur kalmıştık. Ayrıca unutmadan söyleyeyim; bizim araba köpek balığı tarzı farklı bir modelde olduğundan hem trafikte hem köpek balığının içinde olmak hak verirsiniz ki fazlasıyla bunaltıcıydı.

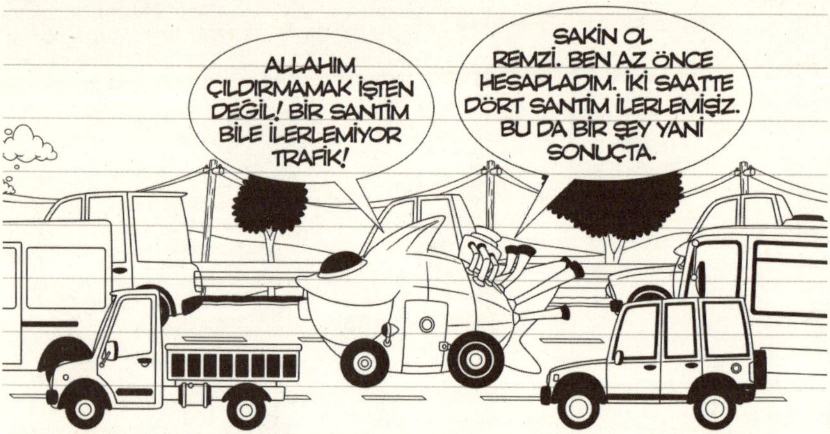

Trafik o kadar yavaşlamıştı ki yolun kenarında yürüyen karınca sürüleri bizi geçiyor, arabalara bakıp bıyık altından gülüyorlardı. Karıncanın güldüğünü görebildiğime göre ne kadar yavaş olduğumuzu anlarsınız artık...

Babam arabadan indi, duruma çare aramaya çıktı sanırım... Yolda yakaladığı birine, "Trafik ilerde de tıkalı mı?" diye sordu. Gelen cevap tüyler ürperticiydi. Adam en öndeymiş, o kadar bunalmış ki bakmış bu sıkışıklık bitmeyecek, arabasını orada satmış, parayı cebine koymuş eve dönüyormuş. Bu nasıl bir şey yaa? Böyle trafik mi olur? Kelimenin sözlük anlamına aykırı bir kere bu durum...

Trafik, yayaların ve araçların yolda ilerlemesi hâlinde gerçekleşir. Eee biz ilerlemiyoruz ki bunun başka bir adı olması lazım. Bir boş zamanımda yeni bir isim bulmak için çalışma yapayım bari...

Bu arada Navi Kadın, "Yol çalışması, tahmini varış süresi 356 milyar trilyar milyon saat..." diyerek moralimizin dibe vurmasına sebep oldu.

Babam Remzi, hâlâ ailenin lideri olma görevini bırakamadığı için çare aramaya devam ediyordu. İleride bir metro durağı görünce, bizim köpek balığını ittirerek oraya doğru götürmeye çalıştı.

Metronun önüne gelince durduk ve Fil Necati hariç, hepimiz arabadan indik. O, takkesi başında battaniyesi üzerinde fil horultusu çıkarmakla meşguldü.

Neyse ki babamın "Necatiiii!" çığlığı onu bastırabiliyor. "Hoarrrkkk geldik mi?" diye uyandı. Biz de takkesini çıkardık ve onu, metronun merdivenlerine doğru elbirliğiyle sürükledik...

Bu kadar eziyet, zaman kaybı ve yorgunluğun hepsi Canan yüzündendi. Kendimi tutamayıp, "Vallahi Canan, bu kadar eziyet çektiğimize göre şu imzayı attırdıktan sonra öyle hızlı ilerlemelisin ki dünyada açlık filan bitmeli. Şahsen ben başka türlü bu çektiklerimi unutamayacağım, haberin olsun." dedim.

Metrodan içeri girdik. Önce yürüyen merdivenler var, bir kuyudan aşağı iner gibi gidiyorsun, dibi filan görünmüyor. O bitince başka merdiven başlıyor, yönümüz hep aşağı doğru. Umarım bu işin sonunda yukarı yürüyerek çıkmak zorunda kalmayız, inmemiz bile dakikalar sürdü.

Zaten öyle bir şey olursa Necati ağabey bundan sonraki hayatını metroda sürdürür bence, asla yukarı çıkmaz. Yediklerini eritme korkusu var onda, üç bin basamağı yukarı doğru tırmanmaktansa yerin altında kalmayı tercih eder. Zaten orada da büfeler var, aç kalmayacağına göre dayanabilir.

Belki ona bir kanun alırız, klasik Türk Müziği şarkılarını icra eder. O berbat sesiyle para toplar mı bilemem, belki sussun diye verirler.

Ben, sıkıntıdan saçma düşünceler üretmeye devam ederken metro geldi. İçi boştu ama nasıl oldu anlamadım bir anda nereden çıktığı belli olmayan bir kalabalık vagonu ağzına kadar dolduruverdi. Neredeyse üst üste yığıldık, zar zor kapıya yakın bir yere sığıştık.

Necati ağabey, kendine bavul koyma rafında yer bulmuş, yanlamasına uzanmış yatıyordu.

Keyfi yerindeydi ama ben, onun aşağı doğru sarkan kocaman kulakları yüzümü kapattığı için çevremi görmekte ve nefes almakta zorlanıyordum.

Babam hepimizi bir arada tutmak için aslan üstü bir çaba harcıyordu. Ancak yüzü cama yapışmış olduğundan, "Hörkıs böndi mö?" sorusunu anlamakta biraz zorlandık.

Canan'ın çığlığı kalabalıktan bunalmış ekibimize yeni bir sorunu haber veriyordu. Çantası kapıya sıkışmıştı. Necati ağabeyin kulağını biraz kaldırıp kapının camından baktım. Çantanın kapağı açılmış, içindeki kitaplar metronun tersi istikamette savrularak karanlıkta kayboluyordu.

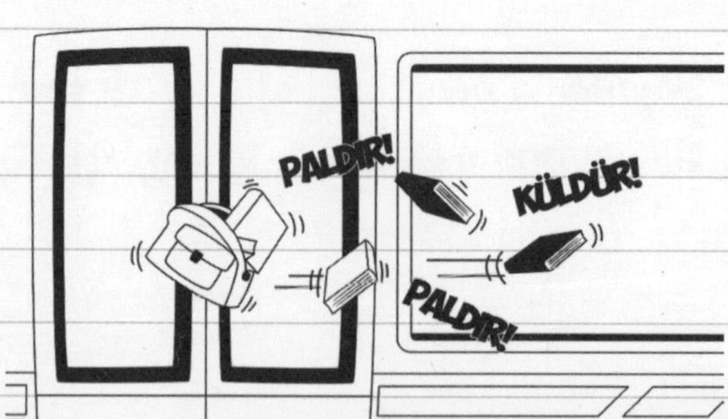

Canan bağırmaya başladı. "Çabuk kapıyı açalım, kitaplarım gidiyoorrr..."

Daha biz cevap veremeden bütün vagon halkı hep bir ağızdan cevap verdi. "Aaa olmaz kızım, delirdin mi? Hareket eden trenin kapısı açılır mı?" Sanki metro korosu toplanmıştı. Yaklaşık yüz kişi, aynı anda aynı cümleyi nasıl kurabildi? Hâlâ bilmiyorum.

Yolculardan biri, sanırım koro şefi oydu, "Boşver kızım, çanta, güvenliğimizden önemli mi?" diye sordu. Bizimkinde cevap hazırdı.

Önemliymiş, içinde imzalattıracağı kitaplar varmış.

"Biri metroyu durdursuuun!" Canan böyle bağırırsa Fil Necati eyleme geçmeden durabilir mi? Cevap veriyorum: Asla...

"Hihooyt en sevdiğim şey, ipe sapa gelmez işler zamaanııı..." dedi ve ne yazık ki elinin hemen yanına denk gelen imdat kolunu çekiverdi.

Bundan sonrası herkes için kötüydü. Zaten üst üsteyken bir de sıkıştırılmış şekilde öne doğru yığıldık.

"Altta kalanın canı çıksın." tadında eller, ayaklar, kafalar ve karışmış bedenlerden oluşan bir kütleye dönüştük. Trenin raylardaki kasılması sonucu çıkan kıvılcımlar, camlarda yansıyarak olaya bir korku filmi efekti katmaya devam ediyordu.

Durduğumuz yer kullanılmayan eski bir istasyonun yakınındaydı.

Canan çantasının hâlini görünce ağlamaklı oldu. İçindeki bütün kitaplar düşmüştü ve sadece bir tane kalmıştı. Onun için de "Kalmıştı." demek yanlış olurdu, zira paramparçaydı.

Yolcular, bize kızgın bakışlar atarak hızla vagonu boşalttılar. Bu hiç iyi olmadı, çünkü imdat kolunu gereksiz yere çekenlerin peşine düşen görevlilerin görebileceği şekilde tam olarak açıkta kaldık.

Bir büfenin üstünde yan yana dizilmiş küçük hayvan bibloları gibi dikkat çekici ve çaresizdik.

Güvenlikçiler anında avantajlarını kullanmaya karar verip atağa kalktılar. "Hey siz oradakiler, buraya gelin çabuk!"

Ben eyvah eyvah diye tepinirken Fil Necati yine saçmalama moduna geçiş yaptı.

Korkunca genellikle bu modu kullanırdı.

"Kendi etrafımızda üç defa dönelim." dedi ama Allah'tan saçmaladığını ve söylediğinin hiçbir işe yaramayacağını çabuk fark etti.

Güvenliklerden biri, en Amerikalı polis sesiyle, "Güvenlik kolunu nedensiz çekmenin cezası vardır, bizimle karakola geleceksiniz." dedi.

Daha çok New York Polis Departmanı lehçesiyle konuşuyordu. Bunu nereden mi bilebilirim? Aşk olsun arkadaşlar! Her on Amerikan dizisinden en az sekizinde bu polislerden bolca bulabilirsiniz.

"Ellerini arabaya daya, bacaklarını aç, avukatın gelmeden konuşmama hakkına sahipsin, söylediğin her şey aleyhinde delil olarak kullanılabilir." Böyle konuşurlar, kendi aralarında da "Hey dostum, adamım, lanet olsun!" gibi kısa cümlelerle anlaşır, bolca sosisli sandviç ve tatlı çörek yerler.

Ben yıllardır yabancı dizileri çok seven babam Remzi yüzünden neredeyse onlarla birlikte yaşıyorum. Küçücük evimizde hiç yoksa her daim bir iki Amerikalı polis mutlaka olur.

Bir gün gelin, takılırız. Hırsız-polis oynarız hehe... Ben de Necati ağabeyden beter oldum, korktukça saçmalamada çığır açıyorum.

Tam da bu anda yukarı doğru çıkan demir bir merdiven gördüm. Canan, babam ve Necati ağabey de peşime takıldılar, var gücümüzle koşmaya başladık.

Tabii Amerikalı kırması güvenlikler de aynı hızla peşimize takıldı.

İşte korktuğum başıma geldi! Dakikalarca aşağı indikten sonra, aynı mesafeyi saniyeler içinde yukarı çıktık. Necati ağabey güvenliklerden korktuğu için aşağıda kalmayı aklına bile getirmedi.

Merdivenler bittiğinde öyle hızlı nefes alıp veriyordu ki yakın çevresinde orta şiddette esen bir rüzgâra neden oldu.

Biraz sakinleşince nerede olduğumuzu anlamak için etrafıma baktım.

Bir tabela vardı inanılmaz ama üzerinde Sinanoba yazıyordu. Canan'a gösterdim hemen, çok sevindi tabii ki...

Necati ağabey, bunu hemen değerlendirdi ve olayı şansa bağladı. Yola çıktığımızdan beri ilk defa şans yüzümüze gülmüş. Babam ise haklı bir gurur yaşıyordu, çünkü Beylikdüzü'nü belki de ilk kez geçmeyi başaran hayvanlar bizlerdik.

Canan, bulduğu ilk şanslı kişiye kitap fuarının nerede olduğu sordu. O bilmiyordu, hatta daha önce hiç duymamış. Demek ki kitap okumadan da yaşayabilenlerden, yani Canan için dikkate alınamaz bir kişilik.

Yanındaki İrfan isimli ikinci şanslı kişiye sordu. O biliyormuş bak, demek ki toplumun yarısı kitap okuyor. Entelektüel bir milletiz, yaşasıınnn...

Ama cevap pek sevindirici değildi. Adam, kitap fuarına sabah çocuğunu götürmüş ve şehrin diğer ucundaymış, bu bir kâbus mu?

Canan hâlâ direniyordu ve, "Kitap fuarı Sinanoba'da..." diye itiraz edince, İrfan olayı açıklığa kavuşturdu. Sinanoba değilmiş, Sinanova'ymış... Bu nasıl bir talihsiz kelime benzerliği yahu? Bedeli çok ağır...

İlk fatura Canan'a kesildi. Bunca yorgunluk ve hayal kırıklığı kardeşimi tüketmişti, düştü bayıldı garibim... Hepimiz onu ayıltmaya çalışırken Fil Necati hâlâ işin dalgasındaydı.

"Canan sesim dalgalı mı geliyor düz mü?" gibi kendine özgü komik olmayan şakalar peşindeydi. Bunlara bir tek o güler, çevresindekiler de onu izlemekle yetinir genelde. Biz de öyle yaptık ve Canan'la uğraşmaya devam ettik.

Bir sandalyeye oturup su içince toparlandı ama inanılmaz bir kişilik olduğu için, gözünü açar açmaz yine "Fuar, kitap, imza..." dedi.

Artık sinirlenmeye başlamıştım. "Fuarı unut! Akşam oldu, her şey bitmiştir artık, zaten biz de bittik."

Necati ağabey, yüzünde pis bir gülümsemeyle, "Şansına küs Canan..." dedi. Canan, "Şans diye bir şey yoktur!" diyerek inatlaşmaya devam etti. Yeni ayıldığı hâlde, bu enerjiyi nerden buluyor bu kız? Annem evde içine pil mi taktı nedir? Vallahi anlamıyorum...

Biz, artık kendi içimizdeki standart çekişmeye tamamen odaklanmışken yakınımızda bir otobüs yavaşladı ve durdu. Şoför araçtan inip yanımıza geldi, lastikleri patlamış.

Bizden de talihsiz insanlar var demek ki diye düşündüm. Herkesin derdi kendine...

Şoför, yol yardımı çağırmamızı rica etti. Tam telefon arıyorduk ki Canan tutuldu kaldı. Gözlerini otobüse sabitlemiş, kekeleyip duruyordu.

Bir de baktık ki otobüsün üzerinde "Dünyanın en ünlü bilimcileri İstanbul'da" yazıyordu.

Sabahtan beri çölde Leyla'sını arayan Mecnun gibi izini sürdüğümüz biliminsanları kendi ayaklarıyla yanımıza gelmişlerdi.

Hem de bütün ümidimizi yitirmişken, olacak şey değildi. Artık buna sadece şans denebilirdi, başka hiçbir şey olamazdı...

Canan, kendine gelemeden bir de biliminsanları otobüsten inip yanımıza gelmezler mi?

Sabahtan beri kitap imzalamaktan çok yorulmuşlar, kahve içecek yer arıyorlardı. Canan kekeleye, titreye onlara doğru ilerledi. Elinde de parçalanmış kitabı vardı.

Tam da ilk sırada yürüyen bilim kadınına yaklaşmıştı ki

yorgunluktan ve heyecandan kitabı elinden düşürdü. Kadın eğilip kitabı aldı, meğerse kitabın yazarıymış.

Kadının mutlu olduğu, yüzünden belli oluyordu; küçük bir kızın bilim kitapları okuması onu gururlandırmıştı...

İşte o andan sonrası kaymaklı ekmek kadayıfı oldu. Bilim kadını Canan'a adını sordu.

O, heyecandan söyleyemedi, biz atladık. Kitap elden ele dolaşmaya başladı, otobüsteki bütün biliminsanları sırayla kitabı imzaladılar. Hepsinin yazdıkları tek bir cümle oluşturuyordu.

"Hayallerinin gerçek olması dileğiyle bilim dolu uzun yıllar dilerim, sevgiler..."

Canan neyse ki teşekkür etmeyi başarabildi. Biliminsanları araç yardımı gelene kadar kafeye gitmeye karar vermişlerdi. Canan elinde kitap, yüzünde bir gülümseme arkalarından bakakaldı.

Babam da tesadüfün böylesi noktasında takılmıştı. "Nasıl olabilir? Nasıl olabilir?" diye kendi kendine konuşuyordu.

Olaya bilimsel yaklaşmak şarttı. "Fuar dönüşü lastiklerinin patlayıp tam olarak yanımızda durmalarının istatistiksel olarak olasılığı nedir?"

Daha cümleyi bitirmemişken cevap kendini arkadan gösteriyordu. Sıfıra yakındı. Necati ağabey atladı. "Bence bu, tam biir..."

Necati ağabeyi lafını tamamlayamadan Canan araya girdi ve gülümsemesini bozmadan, "Bu, tam biir şanstı Necati ağabey. Artık şans diye bir şey olduğuna inanıyorum ve bugün benim en şanslı günüm." dedi.

Çok mutluydu, hatta belki de şu saniye itibariyle dünyanın en mutlu kızı oydu.

EVET NECATİ AĞABEY. ARTIK ŞANS DİYE BİR ŞEYİN OLDUĞUNA İNANIYORUM VE BUGÜN BENİM EN ŞANSLI GÜNÜM!

KRAL ŞAKİR
TEK KİŞİLİK DEV ORKESTRA!
EKSİK PARÇA çocuk
KRAL ŞAKİR TEK KİŞİLİK DEV ORKESTRA!

KRAL ŞAKİR
BOYAMA KİTAPLARI ÇIKTI!

MUHTİŞİM ÇIKARTMALARLA!